媽，我整晚沒有回家，累你擔心，累你沒有好睡，你為什麼不罵我，還要煮粥給我吃？

【經典書房】

濃情集

阿濃 著

剛才被黑面神打的時候我沒有哭，當我躲在一角吃何老師的麵包時，不知為什麼卻流了幾滴眼淚。

假如我是一個包袱，也該是個爸爸捨不得放下的可愛的包袱。

山邊出版社有限公司

序一　寫在前面

「為什麼你要叫阿濃？」是朋友們問得最多的一個問題。

每次，我都要對他們「想當年」一番：

那時我還年青，也不過二十四、五吧，對文藝「發燒」，寫詩、寫散文也寫小說；又正在戀愛，嘗着有時痛苦有時甜蜜的滋味，反映在筆底，也就少不了愛的題材。當日用得較多的一個筆名是「濃濃」，取其感情豐富深厚的意思。後來年紀漸長，用疊字做筆名，總覺帶點稚氣，和頭上早生的白髮不襯，於是改為「阿濃」，等於「阿貓」、「阿狗」，總之有個稱呼就是了。

偶爾翻閱那時期的作品，居然還不討厭；甚至覺得現在叫我來寫，也寫不出這樣的文字，因為那心境已是大大的不同了。同時就我所見，這種內容輕鬆活潑、文字俏皮風趣（請恕阿濃自誇）的短篇小說，這些年來寫的人實在太少，把它們印成書，相信會有讀者。於是我在兩百多篇中選出了十五

篇，那是經過二十多年我仍然喜愛的一些。其中既有愛情，也有親情。諸君讀時，不難發覺我是帶着濃濃的情意下筆的，於是定名為《濃情集》，作為這一階段創作的紀念，希望您會喜歡。

——（《濃情集》原序）

阿濃

一九八三年春天

序二

許多年輕的朋友喜歡我的《濃情集》——我惟一的小說集，問我為什麼不多寫點小說？

原因只有一個，便是我覺得寫小說比寫散文辛苦，而我寫文章為的是娛人娛己，辛苦的事能不做便不做，小說便少寫了。

經過幾年的時間，少寫的小說居然夠出一本集子了，於是有了這本《聽，這蟬鳴！》。

這些小說大多發表在《突破少年》和《陽光之家》上，都是以青少年為對象的刊物。因此我的小說寫的也是青少年的生活。我寫了他們朦朧而美麗的愛情，我寫了他們與家人的感情矛盾，我也寫了學校生活的趣事。但是我最喜歡的兩篇即是人與動物的故事：《聽，這蟬鳴！》和《雞的故事》。尤其是《雞的故事》，我用散淡的筆墨，寫了生活中的一件真事，但那種無奈情懷，倒不單是為了雞的命運，我們自己的命運，似乎也並不完全操縱在我們自己的手裏。

阿濃早已不再年青，假如年青的朋友們讀了這本書，覺得阿濃還能夠把年青人的生活和情懷寫出來的話，不要以為他有什麼了不起，只因為他交了許多年青的小友，許多素材都是由他們供給的。

阿濃希望通過這本書，結識更多可愛的年青朋友。

——（《聽，這蟬鳴！》原序）

阿濃

一九八八年春天

序三

山邊社的《經典書房》系列要把我的舊作《濃情集》和《聽，這蟬鳴！》收入其中，合為一集，仍然定名為《濃情集》，當然是值得我高興的事。兩本曾經擁有大量讀者、如今在書店找不到的書，有機會獲得新的生命，是作品之幸，作者之幸，也是讀者之幸。

得知這件事的第一個想法是：這些作品真夠「經典」嗎？以銷量來說，《濃情集》是以「萬」做單位計算的。其中《委屈》一篇曾被選入香港中學二年級課文，讀過這篇文字的同學應以十萬計。以文字的質量來說，我重讀了一遍，雖然其中一些生活細節有了變化，但人與人之間最重要的存在：「情」，卻一樣沒變，使我讀時為自己的文字所感動。就憑這兩點讓它取得經典的資格吧。最多加上一些限制，使我更能心安理得：它是香港二十世紀八十年代校園文學中的經典作品。

重讀一遍時有些零碎發現，可以一提。

《濃情集》中的第一篇《學校門外的友情》，一九五九年二月發表於《青年樂園》周報，當時我二十五歲，被邀請出任該刊義務編輯，因為手上沒有好稿，就自己寫了此篇，也是我在該刊創作的第一篇。事後聽說反應頗佳。到收集於《濃情集》成書已是一九八三年，此時《青年樂園》已停刊。

風格接近的《委屈》和《我不再搗蛋》同樣發表於《青年樂園》，一是一九五九年五月，一是一九五九年十一月。兩篇的內容都比較沉重。其實那時我更喜歡寫調子輕快的短篇，《濃情集》十五篇中倒佔了一半，其中大部分選自華僑日報《青年生活》雙周刊。

《聽，這蟬鳴！》中的故事選自《突破少年》和《陽光之家》，那時我想為香港電台寫一個有關「地中海貧血症」的劇本，沒寫成，卻有了《我一點也不怪他》，一個真實的故事。有一個時期我對昆蟲學興趣濃厚，因此寫下《聽，這蟬鳴！》。《雞的故事》是我家真實故事，故事中的主角我的母親，於二〇〇二年在加拿大去世，匆匆已過去十五載，是兩書中惟一寫到她的故事，她的墓地離我住處只十分鐘車程，我們常去看她，應不感寂寞。

阿濃

二〇一七年二月

目錄

生活故事

學校門外的友情…… 12
巴士上的故事…… 23
一線情…… 27
我有心事你也不知道…… 36
委屈…… 43
媽，你要好好的罵他一頓！…… 54
爸爸，你休想脱身！…… 59
雞的故事…… 63
聽，這蟬鳴！…… 75

成長故事

擦鞋幫…… 86
賣橙的孩子…… 94
我不再搗蛋…… 100
尖東的一個下午…… 115
這個暑假…… 123

防……135

青春故事

書裏的情信……146
星期六和星期日……157
海南了哥……168
剝光豬……173
奇怪的問題……179
他不會成功……184
女孩子的公僕……189
雨天的故事……194
我一點也不怪他……200

生活故事

學校門外的友情

紅色的大房車過去了，黑色的小轎車過去了，一路怒吼着的跑車過去了，劈劈拍拍的電單車也過去了。他獨自走着走着，讓各式各樣的車子把他留在後面。車子經過時，留給他的是放縱的笑聲，輕佻的口哨和電單車後彩色絲巾迎風飄拂的影像。

「嗨！」

「哈囉！」

車上也有人跟他招呼，他照例微笑地揮一揮手，仍舊略顯匆忙地走着走着。車上很多都是同學，但他覺得自己跟他們有些不同，這個不同並不只是他們駕自用車回校，而自己卻要擠巴士和走路；不同還表現在其它許多方面，說不出來的許多方面……

「宋先生您早！」

「小鳳，早！」

小鳳是學校門前賣零食的小姑娘，她今年才十二歲，攤子擺在校門前的大樹下，做來往歇腳的路人生意，大學生們是很少幫她買東西的，這位宋先生卻是例外。

「你爸爸的腳好些了嗎？」

「風濕就怕天氣不好，這幾天他能起牀走幾步了。」小鳳把拖到前面來的一條微微發黃的小辮子向後一甩，拿着雞毛掃撣玻璃罐上的灰塵。

「今天還是留半磅麪包給我。」他說。

「唔。」她靈活的大眼睛瞟了這位大學生一眼，跟着靦覥地拿出了一個練習簿，上面寫了一行行的字，稚拙而端正，看來是很用心地寫的。

「寫得很好，真是個好學生。」他由衷地稱讚着。

她抿抿小厚嘴唇，用手背擦擦小翹鼻子——每逢她又高興又怕羞時就是這樣的。

中午放學時，學校附近的餐室裏就會熱鬧起來，點唱機吵得說話也要提高喉嚨，汽水和雪糕常常成了開玩笑的武器四處亂飛。這時小鳳的「宋先生」正從她那裏取去半磅麪包，搽點牛油或是果醬，一邊看書一邊大吃起來。他一吃就是半磅，吃的時候眼睛從不離開書本，好像他吃的不是麪包，而是書裏面的什麼東西。

「宋先生，為什麼你老是吃麪包？」有一次小鳳忍不住問。

「第一因為你的麪包好吃，第二因為我是個窮大學生。」他微笑着說。

「大學生也會窮嗎？」小鳳不相信。小鳳到今天還沒進學校，爸爸常說：只怪家裏窮！怎麼有書讀的大學生也會窮呢？一定是騙人的。

「我爸爸在外國幫人洗碗，把手都泡爛了，我能亂用他的錢嗎？」宋先生說得很認真。

「宋先生，你媽媽呢？」

「她死了很多年啦。」

小鳳發覺宋先生的眼睛幽暗起來。她輕輕的說：「你跟我一樣，都沒有媽媽。」

兩人悄沒聲的沉默了好一會。

星期三下午沒有課，小鳳的生意也很清淡，宋先生拿着畫板，到樹下對着小鳳寫生。

「我這麼醜，有什麼好畫！」小鳳有點忸怩。

「誰說你醜，好看得很哩！哪，你隨便坐着就是了，不要太緊張。」

小鳳睜着大眼睛，微笑地看着宋先生。他的木炭枝緊張地在畫紙上移動着。

忽然小鳳吃吃地笑起來，翹鼻子上擠出了一條條的皺紋。

「有什麼好笑？」

「坐在這裏一動不動真古怪！我悶得慌，就想笑。」

「你悶得慌，我講個故事給你聽好嗎？」

「好。」小鳳咬着嘴唇忍住了笑。

「從前有個賣麪包的姑娘……」宋先生說。

「你說我，我不聽！」小鳳掩住了耳朵。

「不是說你，你聽下去就知道了——每天有個青年向她買半磅麪包……」

「這個青年就是你！」小鳳掩着耳朵笑，她雖然掩着耳朵，實在卻是聽見的。

「一天又一天，一個月又一個月，每天只買半磅麪包的青年好像變得瘦了，他面色蒼白憔悴。賣麪包的姑娘對他非常同情。她想：可憐的年青人，光吃白麪包，怎能不瘦呢！於是有一天，她偷偷切開了麪包，在裏面藏了一片牛油，賣給那可憐的青年人——不是講你了吧，還不放開耳朵！」

「那青年人吃了搽牛油的麪包，是不是胖起來了？」小鳳笑着放開了掩耳朵的手。

「姑娘以為他吃了搽牛油的麪包一定很高興，誰知他卻怒氣沖沖的走來麪包店前，大罵了姑娘一頓。」

「為什麼？」小鳳氣得瞪大了眼睛。

「原來他並不是買麪包回去吃，他是一個繪圖師，正設計一個偉大複雜的圖樣，麪包是用來擦鉛筆線的，姑娘的牛油把他設計的圖樣弄污了，他怎能不怒！」宋先生說着搓了一小團麪包擦去畫紙上一條畫錯的線。

「可憐的姑娘，她要傷心死了！後來他們怎麼了？」小鳳關心地問。

「後來？後來我也不知道了。不過我買的麵包的確是用來吃的，你在裏面搽牛油，我很歡迎！」

「你別想！我沒有這麼好心。」

這時宋先生已把一幅速寫稿畫好了：小小的翹鼻子上兩隻明朗的眼睛正微笑着看人。

小鳳爸爸的腳好多了，他常常拄着拐杖出來幫小鳳看檔。宋先生教小鳳認字做算術使他很感激，他說：「小鳳是個聰明的孩子，就可惜沒有機會讀書，宋先生肯教她，真是她的運氣。」

學校附近有個山谷，那裏的風景很好，愛繪畫和攝影的常來寫生和取景。在一個星期六的下午，把小食檔留給爸爸，小鳳陪着宋先生來到了這裏。

陽光燦爛地照着，山溪水嘩嘩地流着。小鳳戴着頂大涼帽坐在溪邊，捲起褲管赤着小腳，輕輕踢着冰涼的流水。宋先生支起了畫架，對着小鳳聚精會神地畫了起來。畫得倦了時，坐下來歇歇，把香甜的梨兒在溪水裏洗洗，連皮放在嘴裏咬起來。

沿着溪水走來一羣同學，他們有的背着相機，有的背着畫具，有的什麼也沒有帶，卻扮得奇形怪狀，那是準備來「作狀」的小姐們。

「小宋，你躲在這裏做什麼？」

「哦，原來有女朋友在一起。」

「可惜年紀太小了些。」

「哈哈哈哈！」

他們七嘴八舌亂說了一通。

其中一個叫愛麗斯的看了看畫板上未完成的畫，尖着喉嚨說：「唷，畫得真好！」跟着她轉東轉西，作態地擺了幾個姿勢，媚笑着說：「大畫家，幫我畫一幅吧！」

「對不起，我沒有空！」

「哎呀，架子真大！」愛麗斯氣得變了臉。

「我們走吧，不要做電燈膽。」

他們亂七八糟的走了，隱隱傳來幾句：

「真是個大傻瓜！」

「怪人！」

陽光仍是那麼燦爛，溪水流得更歡，宋先生的眉頭卻緊緊皺着。

「宋先生，他們為什麼要說那些難聽的話呢？」小鳳扯了根草，一頭咬在嘴裏，一頭繞在手指上。

「一班討厭的人！」他把吃剩的梨心狠狠地拋進溪中，隨即驚喜地說：「小鳳，你就這樣坐着，不要多動！」他緊張地揮動起畫筆來。

小鳳咬着小草，看着淙淙流去的泉水，漸漸忘掉自己是在被人畫着。她記得母親在時，曾在這溪邊洗衣服，那時她也是這樣坐着，把小腳兒浸在水裏，咿咿呀呀的唱歌。但母親在病中一去不復返了，童年的歡樂減少了，她陪伴着多病的爸爸，負上了生活的重擔，日子像流水般過去，將來會怎樣呢？……

「小鳳，想些什麼？你來看，我畫好啦！」

小鳳赤着腳跑了過去。

「哎呀，你真的畫我赤着腳！」她嚷着說。

「怎麼，赤着腳不是很好嗎？」

「爸爸說，我已是大女孩子，叫我不要光着腳到處跑。」

「傻孩子！快去把鞋子穿起來，我們回家了。」

這時夕陽已西斜，樹影拖得長長的，風也有點涼了。

*　*　*

在一個青年畫家們的作品展覽會裏，觀眾們在一幅畫前流連不忍離去。那畫上有個戴大草帽的女孩子，拖着兩條小辮子，一根小草咬在嘴裏，美麗的眼睛靜靜地看着流水，臉上的表情是天真，是純樸，有快樂的追憶，也有生活苦味的咀嚼，這是一個負擔了成人憂愁的天真少女，大家不禁對她又愛又同情，恨不得能坐到她身旁，跟她談談，對她安慰。

小鳳和爸爸也是畫展的觀眾（宋先生特別請他們來的），當他們看到這幅畫時，小鳳說：

「爸爸，是他不肯替我畫上鞋子的，這可不能怪我！」

巴士上的故事

巴士在總站上震顫着，像一頭因奔跑而喘息的老狗。

一羣穿校褸的男孩了衝上車來了，他們是放學鐘聲響過後第一批飛出來的鳥兒，他們笑着，叫着，甚至扭打着，像一羣互相撕咬的小狗。

叮叮，巴士開了，留下了另一批衝過來的「小狗」，巴士司機嘴角泛着微笑，他可以看到「小狗」們在車下戟指呼叫的怪狀。

在尖鋭的煞市聲中，巴士停站了。上來了另一批穿校褸的。車上的男孩子突然古怪地安靜了下來，因為上來的是一批女孩子。這是一間教會學校的女生，她們的一舉一動，一言一笑，全像是受過訓練的，大方而優雅。從頭髮到鞋襪，都是那麼乾淨整齊，無怪整車身上散發着汗臭的男孩子都有點自慚形穢了。

占美是男孩子中最整齊的一個，在車將開的那一會兒，他沒有忘記先把頭髮梳理了一下。

占美等待着的那個面孔上車了，占美以微笑迎她，她也以微笑迎占美，於是占美側身，讓她坐在身旁近窗的座位。

記得占美第一次讓她坐在身旁時，他們什麼也沒有説。她坐在他身旁，像一尊莊嚴的女神，占美不但不敢偷眼看她，連到脖子上去搔癢也不敢。現在占美已經知道她叫安妮，而且大家可以談談笑笑了。莊嚴的石像變成了一個美麗可愛的女孩子。

今天他們的話題是老師們的花名和怪脾氣。

占美説他們的化學老師花名是「科學怪人」，兩隻眼睛從不看人，好像望着一個遠方的世界，下課後同學們跟他招呼，他總是直行直過，大概根本沒有看見。

安妮説她們的家政老師最喜歡在課室裏談她自己的孩子，談他們的淘氣，談他們的可愛，現在都到外國求學去了。他們常常寫信回來，讀書的成績都很好。而據熟悉家政老師的同學説，她的孩子一年才來那麼一兩封信，除了例常的問候外，就是向她要錢。

後來占美談起他們的國文老師「八股佬」了。他說他對中文科最沒有興趣，別的同學也如此，所以一上中文課，課室裏就吵得一團糟。國文老師是個大近視眼，戴了眼鏡也看不清楚，所以同學們時常作弄他。有一次大家正吵得天翻地覆的時候，校長突然在課室門口出現了，他罰全班站了五分鐘，狠狠地把他們罵了一頓，臨走時瞪眼看了看國文老師，用英語嘰咕地罵了一句，坐在前排的同學聽到是「老懵懂」的意思，從此他又多了一個花名。

「你有沒有作弄過他？」安妮問。

「怎麼沒有！」占美英雄地說：「每次默書，我總是把課本拿出來抄，有一次給他看到了，他要拿走我的書，我就跟他鬥搶，引得全班大笑。還有一次，我把一架收音機藏在衣袋裏，上課的時候開了，大唱粵曲，又引得全班大笑，他循着聲音來檢查我的時候，我已經把收音機傳給別的同學了，氣得他幾乎嘔血……」

「你們的國文老師是不是姓陳的？」安妮問。

「是呀，你怎麼知道？」

「他是我爸爸。」

假如占美鎮靜一點的話，還可看到安妮的眼中已滿含了淚水。

以後占美雖有時也會在車上遇見安妮，但是她莊嚴得像一尊石像，而且從不肯坐在他的旁邊。

一線情

我正在做功課，電話鈴響。

我拿起聽筒說：「哈囉！」

「哈你個頭！喂，安仔，第四題你會做嗎？」電話裏是一把略帶稚氣的女孩子聲音。

我沒好氣的說：「你搭錯線啦！」

「安仔，你不要扮嘢呀，你的聲音我化灰也認得！」

「小姐呀，我這裏是九龍電話六七八六七八，你打幾號？」

「對不起！」她匆匆掛斷了。

半小時後電話鈴又響。

我拿起聽筒還沒有開口，又聽到剛才那稚氣的聲音：

「喂，安仔！你跟誰煲電話粥？打了半小時都打不通！」

這時我剛做完功課，心情輕鬆，便說：

「小朋友，你又搭錯線啦！不過你有什麼功課上的問題不妨問我，看看我能否替你解答。」

「小朋友？」對方格格的笑起來：「你有多大？說不定你要叫我姐姐呢！」

「我十八歲，你呢？」我故意報大了兩歲。

「年齡是女人的秘密，我才不告訴你呢！十八歲？該讀預科啦！我有兩題數學不會做，就請你指教指教。」

她在電話裏讀出兩條題目，我記得是中三學過，卻一時記不起怎樣計算，便說：

「原來你讀中三，最多不過十四歲，還想我叫你姐姐呢！這兩題數本來很淺，不過——」

「不過你忘記了，是嗎？水皮！」這女孩的嘴巴真兇。

「你的電話幾號？我算出來之後打電話告訴你。」

她遲疑了一下，終於說了一個號碼，並且告訴我她叫阿麗，我也告訴她我叫阿俊。

我算了老半天，只算出一題，結果還是請教一位同學——他是班上有名的「數王」，才把另一題算出來。

打電話給阿麗，沾沾自喜的想在電話中威風威風。誰知接電話的是一個中年婦人，用冷冰冰的聲音問我是什麼人？找阿麗有什麼事？

後來阿麗終於來接電話，心神不定的記下了我告訴她的解題方法，一句玩笑也沒講便收線了。

半個月左右，我再沒有收過阿麗的電話，雖然我還記得她那把比年齡稚氣得多的聲音。

有一天晚上，已經是十一點鐘了，我正準備上牀睡覺，電話鈴響，想不到竟是阿麗。

「又有數學難題？這麼晚打電話來。」我聽到那稚氣的聲音，竟有點意外的驚喜。

「今天是我的生日。」她突兀地說。

「是嗎？Happy birthday！」我順口說。

「沒有人唱生日歌給我聽。」她的語調很奇怪，像是一個五、六歲的小女孩那種語氣。

「你媽媽呢？」

「她還沒有放工回來。」

「家裏有別的人嗎？」

「沒有。」

「你沒有約同學慶祝嗎？譬如——安仔？」我居然還記得這個名字。

「媽媽不許，而且，我跟安仔吵架了！」

我說：「可憐的阿麗，就讓我唱給你聽吧！」

於是我對着聽筒唱起生日歌來，唱完之後，她說：「謝謝你！」

我說：「你有生日蛋糕麼？」

她說：「有，可是沒有人陪我吃。媽媽在片場做化妝師，公司今晚拍通宵戲。」

我說：「你在電話裏請我吃一件蛋糕吧，你先把蛋糕形容一下。」

她說：「蛋糕很漂亮，是媽媽特地訂的，上面寫着祝麗麗生辰快樂！旁邊伴着鮮忌廉做的玫瑰花，還有一顆顆的櫻桃。」

我說：「你切一件給自己，再切一件給我。」

她果然去切蛋糕了，電話裏靜了好一會兒。

「哪，我請你吃這一塊，上面有我的名字。」

「UM！」我誇張地說：「我把麗麗吃進肚子了，真好味道！」

「UM！」她也學我說：「我把『快樂』吃進肚子了，希望快樂充滿我。」

我們在電話裏閒談了一會兒，她忽然說：

「阿俊，你幾時生日？我也要唱生日歌給你聽！」

我把生日告訴了她。

我的生日過得很愉快，可是我總覺得美中不

足，因為我在等一個電話。

晚上十一點半了，我期盼的電話沒有來。

我想：「小女孩，說得好聽，過後便忘了。」

就在這時候電話響了，是阿麗悄悄的聲音：「對不起呀！今天媽媽不上班，整天在家，找不到機會打電話給你。」

「現在呢？」

「她在洗澡。」她吃吃地笑。

跟着她用很細、很溫柔的聲音唱了一首生日歌。歌聲才完，卻「確」的一聲掛斷了。大概她的母親洗好澡了。

我的生日再沒有什麼不滿足，我甜甜的睡了。

又是一個很晚的晚上，我已經睡在牀上，聽到電話鈴響，趕緊起牀，因為我有預感是阿麗打來的，我拿起聽筒，壓低喉嚨說：「哈囉！」

接着聽到嗚嗚的哭泣聲，細細的，哀哀的，我連忙說：

「阿麗，究竟發生什麼事？」

她又哭了一會兒，才抽抽答答的說：「我想死，我要自殺！」

我心裏一顫。

「傻孩子，不要嚇我！有什麼解決不了的快告訴我！」

「阿媽打我一巴掌，很痛！」她又哀哀地哭了。

「阿媽為什麼打你？」

「今天派成績表，我……我……」

「別哭了，以後努力點就是了。你千萬不能死，你死了我會很心疼！」

「騙人的，你見都沒見我，怎會心疼！」

「雖然沒見過你，我早把你當做妹妹了！」

「好嘢！我有一個關心我的哥哥了！我不死了！」想不到她的情緒好轉得這麼快，或許她還是個未長大的孩子了吧。

可是有一天，她在電話中告訴我一個壞消息：

「哥哥呀，」從她說想死的那個晚上以後，她便這樣叫我：「我們以後再不能常常通電話啦。」

「為什麼？」我的心像被什麼搗了一下。

「爸爸在加拿大辦好了手續，要我們過去。」想不到她說得這麼平靜。

「那麼讓我們通信吧。你有那邊的地址沒有？」我急急地說。

「通信有什麼意思？我說一句話，要等十天半月才有回音，我受不了。」她說。

「那麼讓我送你的飛機吧，我們再不見一見，恐怕以後沒有機會了。」我快快地說。

「相見爭如不見！」她不知從哪裏看來的一句古話：「倒不如各自留下一個憑想像得來的美好印象。哥哥呀，你可知道：你在我心中是多好多好的一個人！我不想你的形象有絲毫損傷！」

小小的女孩，能做得如此堅決，實在出乎我的想像。女孩子真是一種奇怪的動物。

這次電話之後，她有整個月沒有打電話來，我自己清楚地知道我很不快樂，痛苦的是我連她是不是還在香港也不知道，有好幾次我忍不住想打電話給她，卻又不甘心，因為我是在生她的氣。不過，我知道我在等待。

我終於等到了。

「哥哥呀，我現在在機場，已經入閘了，再見啦！」

「我們還沒有見過呢，說什麼再見？祝你一路順風！」我想哭，卻沒有眼淚。

又是一年的生日，節目和往年差不多。我不覺有什麼欠缺，因為我已不再等待。

十一點鐘，電話鈴忽的響起來，我漫不經心的拿起聽筒說：「哈囉！」

「哥哥，Happy birthday！」

「媽媽又去洗澡啦？」我的心卜卜地跳着，還忘不了說句俏皮話。

「別多嘴！長途電話費很貴，聽我唱生日歌！……」

她唱得很快，剛好來得及唱完，又是「確」的一聲斷了，大概她帶的硬幣不夠吧。

我呆呆的拿着聽筒，忽然鼻子一酸，流下兩行淚來。

我有心事你也不知道

何桂芳是我班的一個女學生，矮矮的個子，坐在第一排。她不怕我，有時還坐在位上跟我頂嘴，一點禮貌也沒有。她小小的眼睛，大而略扁的嘴，生得並不可愛，頭髮上卻可笑地夾着一隻銀色閃光的廉價髮夾。她喜歡看一些幼稚的兒童畫報，看的時候很聚精會神的樣子。她似乎愛吃朱古力糖，有一次我見她拿着一大塊散裝的在咬着，手上還另有一個紙袋。我說：

「何桂芳，你吃這許多朱古力，飯都不用吃了！」

「我請你吃一塊好不好？」她認真的從紙袋裏拿出一塊給我，引得別的同學都笑了。

我說：「何桂芳，你愛看童話書，愛吃朱古力，是正牌的細路女，不像有些同學，年紀小小卻滿懷心事，像個小大人。」

「我有心事你也不知道！」她說。

我可不相信這樣的女孩子會有什麼心事。

在一次學校旅行中，孩子們有的下水捉魚仔，有的在草地上踢球，何桂芳獨自一個在樹蔭下看書。我坐到她旁邊的一塊石頭上說：

「何佳芳，為什麼不去玩？」

「有什麼好玩的！」她看也不看我。

「我猜你在家裏，一定最小，對不對？」我的意思是她這種無禮的態度是「縱」出來的。

「哈，你又跌眼鏡了！我兄弟姊妹五個，我最大。」

「原來你有許多弟妹，以後恐怕還不止。」

「不會有了。」她說。

「為什麼？」

「媽嗎吃避孕丸。」她說得很自然。

我從一個小女孩嘴裏聽到「避孕丸」這個名詞還是第一次，這真是一個「進步」的世界。

「你最小的弟妹有多大？」

「全都讀書了。」

「你才這樣小，他們就全都讀書了，你媽媽一定生得很勤。」

「我不止一個媽媽。」

「啊！」她的答案出乎我的意料。我問：「你兩個媽媽一塊兒住？」

「一個媽媽給爸爸趕走了。」

「你是哪個媽媽生的？」

「被趕走的那個。」

「你知道她的消息嗎？」

「聽說她做了舞女，後來就不知消息了。」她抿了抿嘴唇，眼睛看着手上的圖書。

「爸爸為什麼要趕媽媽走？」

「不知道。那年中秋節，爸爸飲得滿臉酒氣回來，拉住媽媽的頭髮，又打又罵，吵了很久，後來聽説他們要離婚了。爸爸問我喜歡跟媽媽還是跟他，我説喜歡跟媽媽，他兇神惡煞的打了我一巴，又罵我，説如果我再要跟媽媽打死我。」

「你媽媽被爸爸欺負，不告他嗎？」

「媽媽跟爸爸不是正式結婚，媽媽又怕爸爸，因為他動不動就講打講殺。」

「爸爸趕走了媽媽又再結婚？」

「不，爸爸趕走了媽後，把我帶到一處地方，那裏有個女人，爸爸要我叫她做媽媽，另外還有四個孩子，據説都是我的弟妹。原來爸爸跟這個女人早已結婚了，孩子都有四個了，媽卻還不知道。」

「這個媽媽對你好不好？」

「她很懶，自己做一些膠花，洗衫、煮飯都要我做，碗也要我洗。」

「可以叫弟妹們幫着洗碗的。」我説。

「媽媽不給，還要罵他們多事。」

「你有時間做家課嗎？」

「每天限做一小時，做多了就罵。」

「有零用錢給你嗎？」

「一毫子也沒有。」

「那麼你旅行和買朱古力呢？哪來的錢？」

「有時爸爸叫我買東西，不用我找給他，我就把它儲下來。」

「爸爸近來對你怎樣？」

「他是對我好的，不過他不常在家。所以，你不知道，有時候，我覺得日子很長很長，真是度日如年。」「度日如年」是新教的成語，想不到她用得這樣貼切。

這孩子偶然吐露的事實，很使我震驚。我一時不知說什麼好。我們沉默着。她忽然輕輕歎了一口氣說：

「有時半夜牀上醒來，想到傷心的地方，把枕頭都哭濕了，卻不敢讓人知道。」

她皺着眉頭揭手上的書，嘴唇抿得緊緊的。

我自以為很夠觀察力，很了解學生，想不到這樣的一個小女孩，背負着這樣重的心事，我卻一直懵然不知。

可是，我現在雖然知道了，我對她能做些什麼呢？

不過我轉心一想：小草雖然在惡劣的環境下，一樣會生長起來，因為她具有堅強的生命力。我又何必太為她擔心呢！

委屈

童年，如煙，如霧、如夢；但透過煙霧的空隙，浮現在如夢的一切之上的，卻有分明的委屈。

委屈，是心上的創痕，它們有大有小、有深有淺、有新有舊。童年的委屈只是些微小的傷口，它們都已結了疤，但按上去似乎仍有痛的感覺……。

那是一個春風吹，紙鷂滿天飛的季節；連電線上、大樹上也都掛滿了紅紅綠綠的紙鷂屍骸。這時母親們的線轆最容易失蹤，因為不是每個孩子都有錢買玻璃線的。早上被關進課室時，我們只能從窗口偷看外面天空的大戰；一放學，那就個個都成了朝天眼，仰着頭，隨着走，貪看風箏而踩進泥塘、撞到木柱那是常有的事。

「跌啦，跌啦！斷線啦……」不知是誰先發一聲喊，四面八方，幾十隻小腿兒，奔向同一的方向，那裏正有一隻打敗了的風箏，飄飄盪盪地向下墜。

我跑掉了一隻鞋子，膝頭上弄破了一塊皮，但卻一點也不在乎，因為那風箏剛好掉在我的手上。我高興得像獲得了一件珍寶，興奮地把它高舉在頭上。

但忽然，是誰在我後面一搶，我本能地把風箏抓緊了，「嗦啦」一聲，風箏爛了，我手裏只剩了一條竹蔑和一些破紙。我氣紅了眼睛，回頭一看是小牛，怒從心上起，照他的面就是一拳，這一拳沒有打到，兩人卻扭在一起了。你揪我的頭髮，我扯你的衣服。旁觀的孩子們也不看風箏了，因為打架要好看得多，他們站在一旁吶喊助威，呼聲震耳。

「住手！」像響雷似的一聲叱喝，使我立即放鬆了手。

「回去！」爸爸在前面走，我抹着眼淚在後面跟。

「是他不對，他為什麼搶我已經到手的紙鷂？」我準備回去把理由說給爸爸聽。

一回到家裏，爸爸就關上了大門。

「跪下來！」我到今天還記得他鐵青的臉。

但我還是站着。

「拍！拍！」他打了我兩巴掌。

我哇的哭了。跟着是一頓雞毛掃，直到媽媽從爸爸手裏把雞毛掃搶去。

我忽然不哭了，緊閉着嘴唇，鼻翼呼呼的搧動着，我按着自己的嘴，強忍住一聲聲的嗚咽，自己站在門角裏。

這天我沒有吃晚飯，媽媽來拉過我好幾次，她把飯搬到我面前要親自餵我，她用各種的話來勸我，她說要買一隻紙鷂給我，還有一大卷玻璃線。但我緊閉着嘴唇站在那裏，不說話也不哭。我那時真有決心在那裏站一世。

夜了，爸爸睡了，媽媽在歎氣，但我還站在門角裏。

我站得疲倦了，也開始感到瞌睡。媽媽強把我拉上牀，但我從牀上跳下來仍舊站到那裏去。時鐘打了十二點、一點，媽媽也上牀睡了。我沒有聽到打兩點，第二天早上醒來時已經在牀上，是我倚在牆上睡着時，媽媽把我抱上牀的。

這天我一聲不響的吃了東西，一聲不響的上學去。放學回家時，我看見枱上有一個漂亮的紙鷂，還有很大的一卷線。媽媽笑着說：「爸爸買給你的。」但我碰也沒有碰就走進了房裏。

從那次起，我再沒有放過風箏。

*　*　*

爸爸媽媽都不在家，我也閒着沒事做，就到廚房裏拿了一把掃帚，掃起地來。我心想：一會兒他們回來，看見我把地掃得這麼乾淨，一定很歡喜，會稱讚我的。我掃得很仔細，枱櫈下面掃不到的地方，就把枱櫈移開來掃；甚至連牀底下也掃到了。

忽然，長長的掃把柄碰到了什麼，乒乓！一隻花瓶掉在地下打碎了，水流得遍地都是。我的心一下子縮緊了，無法彌補的過失！花瓶雖不太貴，但爸媽一定會罵的。我震抖着手，收拾地上的碎片，就在這時爸爸媽媽一同回來了。他們根本沒有留意到已經掃乾淨的地面，只看到那隻破碎的花瓶。

「你怎麼這樣頑皮！我們才離開一會兒，你就把花瓶打碎了。」媽媽說。

「廢物，將來一定沒出息！」爸爸的話像一把尖利的小刀。

「是我掃地時不小心碰倒的。」我軟弱地解釋。

「歇歇吧，少爺！以後不敢勞煩你了。」又是另一把小刀。

這天晚上我的眼淚把枕頭都流濕了。我那時的年紀雖然還小，但由於家庭經濟環境的拮据，我也分擔了成人的憂戚，顯得特別懂事，而且感情上很敏感。我一面流眼淚一面想，終於作出了一個決定……

從第二天起，放學後我就偷偷地四處拾破罐和廢鐵，收集到一批後，就賣給收買佬，雖然那是很低很低的價錢，但哪怕是得到一角錢，也就夠我歡喜的了。我已經在一間賣花瓶的店裏，看到我打爛的那隻花瓶值多少錢。一等到我的錢儲夠，就要買它一隻。

我每天上學放學從這間商店經過，總要看看這隻瓶——僅有一隻哩！看它有沒有賣掉。因為看慣了，只要隨便一望，就看到它還在老地方。有一次，我向老地方望去，瓶子竟不見了，嚇了我一大跳，

以為被別人買去了。再仔細一看，原來被搬到了另一格，才又放了心。

終於，我的錢和那花瓶的標價相等了。我震顫着手把一個半月積聚的錢交給了老闆，換到了那隻瓶子。

我飛也似的奔回家裏，爸媽已在吃飯，他們咕嚕着怨我吃飯也不知時間，這麼遲才回來。我顧不得答辯，打開了包裝紙，把花瓶拿了出來，擺在原來的地方，裝作平靜地說：

「我打爛了花瓶，現在買一隻賠給你們。」

爸爸媽媽都驚奇得一時停住了筷子。

「你哪來的錢？」媽媽問。

「拾東西賣給收買佬。」我簡單地答。

爸爸用奇異的眼光看了我一下，隨即大家沉默地吃飯了。那碗飯他沒有吃完就放下了，我看到他燃着香煙坐在天井的暗角裏，很久很久，只見他凝然不動的影子和手上香煙的一點紅火。我的心情卻很愉快，我知道父親為什麼吃不下那碗飯，我認為他是被我打敗了。

的確，從這次起，父親罵我的次數少得多了。

* * *

「媽，老師說最遲今天要交學費了。」我哭着聲音說。

「我已經叫你爸爸向公司借，今天連買菜的錢也不夠了。」媽媽鎖着眉頭。

「還有校服，同學們都有了；老師說，再不穿校服就要罰。」

「等爸爸借到錢一齊買。」媽媽好言安慰我。

我勉勉強強的回到了學校，一走進校門就碰見搶我風箏的小牛，他豎着手指嚇我說：

「哼，不穿校服，老師罰你！」

我向他做了個不屑的表情，但一眼看去全校的同學都穿的是校服，不由得我不吃驚。

上課了，我心亂如麻，但願老師病了不能來。

但他還是來了，大家起立鞠躬行禮。他一眼就看到我穿的不是校服，臉色顯得很不高興。

「何志平，出來！」還好，叫的不是我。原來何志平也沒有穿校服，我現在才看到，那麼我也逃不掉了。我的臉刷的白了。低着頭看桌面。

「李克勤，你也出來！」果然，下一個就是我。我的臉由白轉紅，兩隻耳朵燒得很厲害，眼前的東西突然模糊了，淚水已充滿了眼眶。我低頭走了出去。

「學費帶來了沒有？」老師問。

「媽媽説明天交。」何志平回答，我聽到他的牙齒在打震。

「你呢？」我低着頭，但我知道老師是問我。

我搖搖頭，因為我知道一出聲就會哭出來。

「全班不交學費、不穿校服的就只有你們兩個，不罰你們也不行。」他把我們推到了牆邊，使我們背對着全班。

我的眼淚不住地向下流，有的滴在衣服上，有的滴在地上，那簡直是一條小河呀，我要忍也忍不住。我恨媽媽，也恨爸爸，別人家的孩子為什麼都有校服穿，有學費交，我卻沒有！

好容易等到下課，同學們都離開課室到操場去玩了，只剩下我和何志平。

我回到座位上，拿起我的書包，往課室外走。

「你到哪裏去？」何志平問。

我沒有答他，一口氣就奔到了家裏。媽媽一見我回來覺得很驚奇，我把書包一拋，迸出了一聲：「我不讀書了！」就伏倒在牀上，哀哀地哭起來。媽媽已知道是什麼一回事，她老是勸我說：「爸爸回來吃午飯的時候就有錢了。」

爸爸中午回來了，但卻沒有帶錢回來。

「借不到？」媽媽問。

「沒有借，」爸爸的表情很陰鬱：「有人借過，沒有希望。」

「你也試試嘛！」媽媽說。

爸爸再沒有說什麼，吃了飯他叫我背着書包跟他到公司去。

爸爸把我留在一間叫會客室的房間裏，我見他推開一道寫着經理室的門，走了進去。

「……」我聽得出是爸爸的聲音，但不知說些什麼。

「公司的生意不好，你不知道嗎？」一個響亮的聲音，我知道這是經理。

「……」爸爸又不知道說了些什麼，他的喉嚨為什麼這樣小哩？

「你也借，他也借！公司哪有這麼多錢！」經理在發脾氣了。

不久，爸爸走了出來，我見他面孔漲得紅紅的，樣子很怕人，但卻很溫和地對我說：「你先回家，晚上我帶錢回去。」

我失望地走出會客室，爸爸在背後說：「過馬路當心車子呀！」

晚上，爸爸回來了。那時正是冷天，爸爸穿在身上的一件厚絨上衣卻不見了。媽媽驚叫着說：「當心凍着呀，你的衣服呢？」隨即在衣櫥裏找了一件給爸爸。

爸爸拿了一些錢給媽媽，又把一包東西遞給我說：「明天交學費吧，這是剛替你買的校服。」

忽然，我一切都明白了。爸爸把最新的一件西裝當了，為了我的學費和校服。我看看他，似乎比以前憔悴多了。我接過校服，他臉上露出輕鬆的神色，對我說：「試試看，合不合身。」

忽然，我的鼻子一酸，捧着紙包嗚嗚的哭了起來。爸爸愕了一下，但隨即明白了，他把我拖過去，撫着我的頭，連說：「好孩子，別哭！」

但我哭得更厲害了，我想起經理的喉嚨，我想起老師的處罰，我想起我恨過爸爸媽媽，而我現在又是那麼的追悔。我那時才知道，受委屈的不只是我，還有媽媽和爸爸，受委屈的竟是我們全家呀，我更傷心了！

媽，你要好好的罵他一頓！

媽媽，我知道你還沒有睡着，你老是在那裏翻身，弄得牀吱吱的響。我知道，你在等哥哥，哥哥不回來，你是睡不着的。

哥哥以前可不是這樣的，每天一放學就回來，吃過晚飯就讀書，讀到十一點就熄燈睡覺，準得跟時鐘一樣。但是這些時，哥哥變了：吃飯要等他，等得飯菜都涼了；睡覺也要等他，等得大家睡不着。剛才已敲過十二點啦，但是門鈴還沒有響。

媽媽，其實你何必擔心呢？他不過是跟那個穿紅裙的女孩子在一起罷了。我每次到街上去，你總叫我當心過馬路，哥哥這麼大了，他還會不懂得嗎？他不會被汽車碰倒的。聽説晚上僻靜的地方有賊，這我倒有點擔心，假如哥哥的西裝被賊搶去的話，那就要凍得他打噴嚏了。

假如他的西裝真的被賊搶去的話，那我就要好好的笑他一頓，要對着他説：「好嘢！好嘢！」誰叫他成天跟那個女孩子在一起，不理媽媽又不理我哩！

今年夏天我游泳的次數最少了，因為哥哥老是不肯帶我去。其實，我游得並不比他差；媽媽，為什麼你老是不放心我跟小華他們同去呢？哥哥呀，他只肯陪着他的女朋友去，我跟他同去，他就惡聲惡氣的對我，我才不願跟他在一起呢！還有他的那個女朋友，我真看不慣，這麼大的人，還不會游水，一下水就尖聲怪叫，她要學得會游水才怪！

星期日，哥哥也不帶我去看早場了，我也不希罕他去，我買一張票跟小華一齊看，小華還請我吃雪條，真好！

媽媽，你知道嗎？這些時金魚缸全靠我來餵食和換水。那些金魚真可憐，上次幾乎全餓死了；哥哥四五天忘了餵他們，不是我發覺得早，他哪裏還有金魚拿去送人！媽媽，你知道嗎？他把最大最美的那對金魚拿走了，他不說我也知道他是送給那個女朋友的。上次，我問他要一對最小的，他還不肯，真偏心！

這些時我很不喜歡哥哥，也不喜歡他的女朋友。我知道，媽媽你還是喜歡哥哥的，不然你不會這麼晚還等他，還要擔心得睡不着覺。他一會兒回來時，你也不罵他，還問他餓不餓，要不要吃東西。媽媽，你也喜歡他的女朋友，那個穿紅裙的女孩子嗎？她每次來我家，你對她都是那麼客氣，又買水果又買糖，吃飯的菜特別好。你為什麼對她那麼好呢？我看這都是因為你喜歡哥哥，哥哥對她好，你也就對她好了。

我不反對哥哥對她好，但是我恨哥哥偏心。那天我看見哥哥教他的女朋友做數學，講了一次又一次，真是講得口水都乾了。那時我剛剛也有兩條算術不會做，走去問他，他卻不耐煩的說：「你自己不會想嗎？你的腦子用來做什麼的！」真氣人，那麼他那女朋友的腦子又是用來做什麼的呢？還有，那次你叫他替你寫信給舅父，他老是推沒有空，隨便寫了幾行就算了。但是他自己寫起信來呀，可長哩！足足寫上十幾張紙，還有十幾張寫錯的，撕得碎碎的丟在字紙簍裏。我知道他又是寫給那個女孩子的，我看到那淺藍色的信封上寫着「張靜芝小姐啟」，我知道張靜芝是那個女孩子的名字，哥哥時常「靜芝、靜芝」的叫她的。其實天天見面，還要寫那麼長的信做什麼呢？

小華他們也不喜歡哥哥這樣做，他們一看到哥哥跟那個女孩子走在一起，就在後面做鬼臉。哥哥以前跟小華他們一起踢足球、放紙鷂的，但現在怎麼請也請不到他了。他們不恨哥哥，只恨那個女孩子，都是她把哥哥教壞的。

小華還說，哥哥將來會和這個女孩子結婚，她是我的嫂嫂，但是為什麼哥哥卻要我叫她姐姐呢？我不要這樣的嫂嫂，也不要這樣的姐姐！

媽媽，我聽見你在歎氣了。真也難怪你難過，哥哥太不對了。現在怕快要

十二點半啦，真令人擔心。媽媽，你放心：將來我大了，一定不學哥哥，我不要那些女孩子做朋友，不問她們是穿紅裙子的還是綠裙子的。我就不喜歡那些女孩子，又小氣又愛哭！小華的妹妹小鳳和小珠就是這樣。她們只會在街上跳橡筋繩，把橡筋在腳上繞來繞去，真不知有什麼好玩，我看見她們就生氣……

啊，門鈴響了，一定是哥哥回來了。媽，你為什麼不披多件衣服去開門哩？當心受涼呀。哥哥進來，你可得好好的罵他一頓！

爸爸，你休想脱身！

爸爸跟他的老朋友們飲春茗，把我也帶去了。

世叔伯們見到我，照例誇獎地說我越長越漂亮了。跟着又問長問短，問我在哪裏讀書，哪裏做事，等等。

我告訴他們 我已讀完了中學，現在考進了護士學校。他們聽了，一個個的對爸爸說：

「梁伯，好呀，你甩身了！」

不知怎的，「甩身」這兩個字我聽來十分刺耳。我是爸爸的包袱嗎？爸爸時常想擺脱我嗎？爸爸從來沒有這樣講過，我也從來不覺得自己會是爸爸身上的包袱。但是為什麼，他們一個個的這樣説呢？我看看爸爸，爸爸不置可否的應着，後來他聽得多了，忽然笑着轉過頭來對我説：

「茵，你肯讓爸爸甩身嗎？」

爸爸的臉上笑着，但他的眸子卻異樣地注視着我，聲音也有點不自然。我這時突然明白了爸爸的心，我帶點衝動地說：「不給！」

在大家哄笑聲中，我羞得低下了頭。爸爸卻一手緊緊地攬着我，笑着說：「傻女！傻女！」我偷眼看看父親，他滿臉歡喜的樣子。這清楚地證明了，爸爸實在不願「甩身」，假如我是一個包袱，也該是個爸爸捨不得放下的可愛的包袱。

想起來，我對爸爸的負累的確不少。我小時多病，我一病，爸爸就坐卧不寧，脾氣也特別壞。爸爸的胃病時好時壞，這該是個主要原因。

隨着年紀長大，我的健康有了進步；可是我任性、倔強，一決定做什麼事，任何人也阻擋不來。爸爸了解我，知道我不會學壞——這是他自小教導的成績，但是他怕我衝動、火爆的性子會得罪人，而遭到小人的傷害。

或許爸爸對我關懷已成習慣，如果有一天要他放棄對我的這份心意，他一定會覺得忽忽若有所失，生活也會失去平衡。

有一次我跟同學們往澳門旅行，玩了三天回家，那天晚上臨睡時，我聽到爸爸自言自語説：「今天晚上大概睡得着了。」

有人把養兒育女當作一種無可奈何的責任，要給飯他們吃，要給衣服他們穿，要供他們讀書……真麻煩呀，真吃重呀！於是，有一天，兒女能自立了，做父母的也就解放，脱身了！可是，我的爸爸和我的關係可不只是這樣，他是我的爸爸，卻也是我的朋友；我是他的女兒，卻也是他的朋友。我們互相了解，心靈相通。我們互相支持着，和生活中的種種困難搏鬥。他給我以經驗和鼓勵，我給他以愛和活力，我們正是一對合作得很好的戰友。

爸爸永遠不想失去他的小戰友，我也永遠不想失去我的老戰友，我們在一起時生活得很好，我們分開時就會各自感到孤單。

我會長大，我會嫁人，我將來會有我的小寶寶，但我將永遠是爸爸的女兒！我永遠需要他的關心，我要他為我的煩惱而煩惱，因我的快樂而快樂，我需要他這方面的施予，他也需要作這樣的施予，永遠，永遠！

「梁伯，好呀，你甩身了！」別人這樣説。

不，爸爸你是永遠休想甩身了！因為你的女兒永遠需要你！

雞的故事

鄰家的阿牛又送來了兩隻小雞，他去年曾經送來一隻小貓。

小貓是人家丟棄在街上的，阿牛經過的時候，牠咪咪的跟在阿牛後面走，阿牛便把牠帶回家去。可是不到一個小時，在家裏所有大人的責備下，他把那隻小東西送來了我家。關於這隻貓，是另一個故事，我們這次不講。牠已經不在了，是出外找女朋友的時候給汽車碰死的。

這兩隻小雞卻是阿牛在街市買的。一擔子剛出殼的小毛球，你推我擠，吱吱的叫着，吸引了不少小孩。剛好阿牛袋子裏有四塊錢，便一下子買了兩隻。可是他不知「前車可鑑」的結果，來了個「重蹈覆轍」——不到一小時，他又在父母的責罵下，把小雞送來了我家。

為什麼別家不送，要送來我家呢？除了因為我們是他緊隔壁的鄰居之外，還有一個原因，便是我們家的大人都不「惡」。兩個男人——我跟孩子們的爺爺，都是老好人。只要孩子們喜歡，又不是做什麼壞事，我們便不會反對，有時還支持支持。兩個女人——孩子們的媽媽跟祖母，雖然嚕嗦了一點，對這些會把屋子弄髒的小動物也無好感，卻還能勉強容忍。

小雞送來我家的第一晚，正是個大冷天。大兒子把牠們放在一個鞋盒裏，還鋪了破布和棉花。可是牠們仍然瑟縮着，一聲一聲不停的吱吱叫着。為了免得影響大家的睡眠，小雞連鞋盒關在廚房裏。大兒子認為牠們吱吱的叫是怕冷，便拉了一座打牌用的「麻雀燈」，迎頭照着。

麻雀燈照了整晚，小雞也叫了整晚。第二天早上大兒子一走進廚房便嚷了起來：「哎呀，死了一隻！」我走進去看時，剩下的一隻小雞，正踩在牠同伴的屍體上，仍一聲一聲吱吱的叫着。我想：這麼脆弱的小生靈，怕捱不了幾天。

可是小雞卻出人意料的活了下來。牠不再吱吱的叫了，對於餵給牠的碎米和切成絲的菜葉也很欣賞，每天都吃很多，而且越吃越多。

牠被放進一個大銅盆裏。這盆本是用來裝花的：花兒種在瓦盆裏，瓦盆再放在銅盆裏。這些時花開得不好，銅盆空着，正好用來給小雞住。銅盆底鋪着報紙，這小東西用兩隻腳搔爬着，像野地裏雞覓食的動作一般，可是那報紙底下卻是什麼也沒有的。

有一次，我把牠從盆裏捉出來放在地板上，牠吱吱地叫着走來我的腳邊。我故意急急地後退，想不到牠也急急地奔上前來，還在光滑的地板上狼狽地跌了一個跟頭。孩子們見有趣，也一個個輪着向後退，引牠追過來，為牠滑跌的「精彩」表演而鼓掌。

最後還是我覺得不忍，又把牠捉回銅盆，牠卻好像沒有玩夠，在盆底伸長了脖子向外面張望。

小兒子問：「牠為什麼要追看我們跑？」

我說：「牠是把我們當作母親了。」

小兒子說：「那怎麼會呢？牠沒有見過牠的母親麼？牠不知道我們是人不是雞

麼？」

我說：「你知道小雞是怎麼孵出來的嗎？」

小兒子說：「是雞媽媽蹲在雞蛋上，把小雞孵出來的。」

我說：「這是從前的事了，現在的小雞是用機器孵出來的。一盤盤的雞蛋放進去，一盤盤的小雞拿出來。元朗就有許多這樣的孵蛋工場，有機會我帶你去參觀。」

小兒子說：「媽媽竟然是一部沒有生命的機器，那不是很慘麼？」

我見小兒子有點難過的樣子，便道：「不過小雞是不懂得這些的，所以牠們也不覺得慘。因為我們養牠、餵牠，牠便把我們當做母親了。依偎在母親的翅膀底下，得到保護，得到溫暖，是牠們天生的本能，也是一種需要。因此，牠喜歡繞在我們腳邊；我們蹲下來，牠便躲到我們屁股下面；我們走，牠便急急的追過來，像母雞帶着小雞逃避敵人時的情形一樣。」

小兒子似乎有點不服氣：「你不是小雞，你怎麼知道牠不覺得慘！」

唔，小兒子沒有讀過莊子和惠施的故事，卻說出類似「子非魚，安知魚之樂？」

這樣的話來。

我說：「牠甚至不知道自己是小雞，我們是人，更不知道人不可能是牠的母親。假如牠懂得這些，便不會追着我們跑了。」

小兒子似乎還有點不放心：「我倒寧願相信牠是真的不知道了。」

像小貓、小雞這類有生命的玩物，能帶來生活中許多樂趣，卻也帶來許多麻煩。小孩子們慣於享受那些樂趣，卻把麻煩留給大人。

大兒子是跟小雞玩得最多的一個。他在學畫中國畫，老師讓他照畫稿臨過小雞，還說他臨得不錯。那次黃胄的畫展中有一幅百雞圖，一百隻小雞個個姿態不同，大兒子在這幅大畫前面足足看了半小時，還拿出本子來臨了一些。他知道畫家能寫出這許多神情動態不同的雞，靠的便是平日的寫生工夫。於是家裏的小雞便成了他寫生的模特兒。

這雞和我的大兒相處慣了，也跟他特別親熱。大兒子和別人同時叫牠，牠總是走向我大兒子處，大兒蹲下來拍拍大腿，牠便一躍而上，在上面踱步，而且從沒有拆爛污的在他褲子上拉屎。

清理糞便是養雞最麻煩的工作。別看雞小，牠一天要拉很多。有時要清理兩次，才不致把露台上搞得臭氣薰天，對於這樣的「優差」，當然是人見人怕，可免則免。孩子不理，我和妻要上班，工作便落到祖母身上。

祖母今年七十一歲了，前幾年身體還是很好的，去年發現血壓高了一點，要吃藥降壓。降血壓的藥種類很多，卻似乎沒有哪種不帶點副作用：頭痛啦，胃痛啦，心跳啦……醫生試來試去，算是找到一種副作用最少的，起初還不怎麼樣，吃多了人便覺得累，走半條街也氣喘，要停下來休息。人不舒服，脾氣也就比較差，本來一面做，一面埋怨，是她的老習慣，現在這毛病是越來越厲害了。許多事情她大可以不做，卻偏要自己找來做，做的時候不是怪這個懶，便是罵那個麻煩，我這個做兒子的，知道老人家的毛病，總是忍着。做媳婦的心中不悅，也會在我面前抱怨幾句，我安撫之後也還能忍着。小輩們便沒有這樣的修養，祖母怪責他們什麼，便一嘴頂回去。我在家的時候，還能及時制止，叫他們休得無禮。我不在家的時候，往往就能發展為一場小小的爭吵。

小雞一天一天的長大，銅盆已經困不住牠。牠一跳便能跳上盆邊，再跳便已身在盆外。本來讓牠在露台散散步也沒有什麼，偏是牠不知自愛，隨地拉屎，只得又把牠捉回盆裏，用一塊鐵網蓋着。

有一個時期，我工作忙碌，早出晚歸，跟家裏各人談話的機會也不多，小雞更是不加理會。只是從祖母口中知道，每天把菜葉子切細了拌飯餵雞的是她，每天清理雞糞，換上乾淨報紙的也是她。她的抱怨大家早已聽慣了，誰也沒有在意。

一個星期天的早晨，我剛巧沒事在家。大兒子把雞放出來寫生。他先在露台上鋪滿了舊報紙，然後讓雞在上面散步。在早晨的陽光下，我才發現小雞已變成大雞，

雪白的羽毛，鮮紅的雞冠，是一隻十分漂亮的母雞。牠是如此的美麗，不禁使我想起了醜小鴨變成天鵝的童話。

這年七月，在外國讀書的二女回港過暑假，她有意看看祖國的風貌，我們便報名參加了中旅社的師生團，到北京、承德、北戴河等地遊覽半個月。考慮到祖父有坐骨神經痛，不能遠行；祖母走半條街便累得氣喘，北京這樣要走許多路的旅遊點不適合她，我們只報了五人參加，包括我們兩夫婦，二女和兩個弟弟。大女兒要上班，剛好留在香港，對二老也有個照應。

我宣布了這個計劃，並且解釋了為什麼不能請二老同去。祖父說不但是走路他走不動，來回兩次都要坐三十多個鐘頭的火車，他更是吃不消。祖母卻什麼也沒有說，只是問了我們出發的日子。

可是第二天全家一齊吃晚飯的時候，祖母忽然對大家宣布：

「你們去北京之前，要把雞送掉，我不想再服侍這些畜牲。」

她態度很冷靜，也很堅定，沒有絲毫轉圜的餘地。於是我什麼也沒有說，繼續吃我的飯。孩子們似乎也感覺到氣氛的僵硬，誰開口誰就會自討沒趣。於是大家在沉默中吃完了這頓飯。

祖母——我的媽媽，為什麼要把雞和北京旅行連在一起呢？

這當然是一種不滿的表示。

老人家像小孩子一樣，報復的心理很重。你們使我不高興麼？我也要使你們不高興。

她為什麼不高興呢？也不單是因為她不能去旅行，她是不喜歡兒孫離開她的身邊。

我是她惟一的孩子。數十年來，一直生活在她左右，哪怕我到離島去小住兩三天，她也會牽掛不安。何況這次是歷時半個月，相隔千里計的遠行。在這一段日子裏，她將會坐立不寧，寢食不安。我們快樂，她卻要受苦。

她既找不出理由反對我們的旅行，只得找一件事來表露她的情緒。於是我們的母雞有難了。

從此她三兩天便會提醒我們一次：「你們一定要在去北京之前把雞送掉。」這使我不得不認真地考慮這個問題。我要為牠找一個安身之所，不致遭人殺戮，葬身在口腹之中。

我想到了兩處地方。一處是老朋友開的幼稚園，花園裏有幾個鐵籠，養了些白兔雞鴨，作為活的教具，讓孩子們認識。我家的雞可以充當其中一個角色。另一處是家住元朗的一個女學生阿芬家裏，她幾年前在我服務的中學讀書，現在是中文大學的學生。我曾經到過她家作客，有竹林、有果樹，也養了雞鴨白鴿一類的動物。後者是天然的環境，遠勝於困在我家的銅盆，也比幼稚園的鐵籠為佳。

於是我打電話給芬，提出了我「託雞」的請求，寄居的期限可長可短，萬一不再取回，希望能給牠「終老林下」，千萬不要把牠宰了。芬一口答應，只要通知她，便會乘便來取，不必麻煩我親自送往元朗。

在此期間，這雞開始生蛋。第一隻蛋小巧精緻，上面染着血跡。蛋被放在冰箱裏，每個放工放學回來的家庭成員，都要拿出來摩挲一番。以後牠隔一天或兩天生蛋一隻，算是對我們餵飼的一種報答。

去北京旅行的日子一天天近了。那天祖母又說要趕快把雞送掉，我告訴她元朗的學生已答應收容。

看着她的臉，我試探着說：

「待我們從北京回港，再把牠拿回來。」

祖母忽然激動起來，眼中含淚的說：

「你只知依從你的子女，從來不把阿媽放在心中……。」

她如此強烈的反應，實在出我意外，我連忙說：「好了，好了，以後不再拿回來便是！」

雞的命運於是決定。

在送牠走的前一天，孩子們把雞捧上天台，拍了一批照片，算是留念。

芬特地從元朗出來。她也稱讚這雞長得漂亮。她向我們要了一個膠袋，在側邊剪了一個洞。把雞放進袋裏，正好可以把頭伸出洞外透氣。

芬叫我們放心，她必定會好好待牠。

芬提着膠袋出門的時候，雞安靜地回過頭來看我們，孩子們跟牠舉手說 BYE BYE，回答的只有阿芬。

把雞送走之後，祖母把養雞的角落好好的清潔了一番，倒不曾再抱怨些什麼。

我們從北京旅行回來之後半個月，收到了芬從元朗寄來的信，告訴我她新學期的情況和暑假的收穫，其中有一段卻是有關那隻母雞的。信上這樣寫：

> 母雞對新環境很快適應。我家小弟常追問牠何時回家，大概是照料慣了，漸有不捨之情。牠最喜在竹樹旁下蛋，每天一隻。使我們奇怪的是牠愛近人的習慣至今未改……。

（附記：一年後芬來信告知，母雞已終其天年，安葬於園中竹樹下。）

聽，這蟬鳴！

九龍塘歌和老街有一座小公園，翠玲和德德時常去。裏面有個兒童遊樂場，卻很少人來玩；翠玲和德德可以玩完一樣又一樣，不用等也不必爭。

不過他們差不多有半個月沒有來過了，那是因為學校考試，兩姐弟要留在家中溫習。考試一完，便是暑假，兩人的心輕鬆得像長了翅膀，放假第一天的早上，便跑到公園裏來了。

半個月沒來，公園的草好像比以前長了，樹葉好像更濃更密了，而蟬也好像叫得比以前更響了。

「看，那樹上有好多蟬呀！」德德嚷着說。

翠玲隨着他的手指看去，果然見一棵矮樹的褐色樹幹上，高高低低的伏着十幾隻蟬。旁邊一棵樹上卻一隻也沒有，大概因為這棵樹的樹皮顏色淺，蟬兒們怕蹲在上面容易被人發覺吧。

德德走向那棵有蟬的樹下，想伸手捉蟬，離樹還有兩三尺，那羣蟬已經吱吱的四散亂飛，樹幹上一隻也沒有了。

德德心想：「牠們的眼睛好利啊！」

這時卻見一個穿背心、着拖鞋、曬得黑黝黝的小男孩，躬着腰躡手躡腳的走近另一棵褐色幹的樹，一舉手便捉住一隻，吱吱的在他手上叫着，再不像在樹上唱得那麼悠閒，聲音中飽含着焦急。

德德也學那小男孩的樣子，矮着身子慢慢移近一棵樹，那樹上的兩隻蟬果然沒有發覺。德德再慢慢伸出手去，移近其中一隻，這時他的心緊張得砰砰地跳。終於他迅速地一抓，蟬兒到手了，另一隻吱的一聲飛走了。

德德用兩隻手指，輕輕拈着那蟬的腰間，但見牠的六隻細腳在空中撐拒着，卻不發聲。不像那小男孩手上的一隻，一直叫個不停。

「為什麼這一隻不會叫？」翠玲走近來看。

「啞的！」那小男孩說。

「你這隻是雌蟬，所以不叫。」樹蔭下一位正在看書的中年人插嘴說。

「鷄線？蟬也會鷄線嗎？」德德把「雌蟬」聽成神經病的「鷄線」。

「我說的是雌蟬，即是女性的蟬，公蟬的太太。唔，蟬先生有福了，他的太太從來不會在他耳邊囉嗦，因為她是啞的。」

翠玲想：「這位先生的太太一定很囉嗦了，不然他不會羨慕起蟬來。」

「為什麼雌蟬不會叫呢？」德德問。

中年人一手一隻，把德德和那小男孩手上的蟬借去，反轉了牠們的肚皮給他們三個看。那吱吱叫的一隻胸部下面有兩塊三角形的板，正不停地顫動着，聲音便是從那裏發出來的；另一隻不發聲的便沒有這樣的兩塊板。

中年人還叫德德試用手指搔那公蟬脅下的板，果然牠叫得更響了。

「牠怕癢呢！」翠玲說。她自己很怕癢，只要有誰作勢要「唧」她的兩脅，她便全身酸軟，笑個不停。

「蟬是我小時候的玩具，不用花錢買的。」中年人說。一些回憶似乎正出現在他腦海中，他繼續說：「光是蟬，便有許多玩法。有時我們用黑墨搽黑牠的一隻眼睛，然後放走牠。牠一衝到半空之後，便在天上打轉，那是因為牠只有一隻眼睛看到光，便老是向那邊轉。……」

「那不是很可憐麼？」翠玲說。

「是呀，小孩子總是喜歡惡作劇。記得村裏有棵大樹，樹上有無數的蟬，白天叫成一片。我們一班小孩，夜間在樹下燃起一堆火，然後用長竹竿在樹枝樹葉間亂打。受驚的蟬紛紛向着火光飛來，像下雨似的，成百隻的蟬葬身在火堆中。待燒熟後，我們便從火堆中揀來吃，只有胸部一點點地方是可以吃的，味道像瘦肉。」

「你們不覺得殘忍麼？」翠玲皺着眉頭撅着嘴說。

「那時候好吃的東西少，只要能吃的東西都不肯放過。我們吃野果山稔，吃花心的蜜糖，吃野蜂巢裏的幼蟲……。」

「蟬是吃什麼的？」德德看着蟬的嘴部問，那裏有一枝形狀奇特的小管。

「古人說牠餐風飲露，用牠比喻高潔的君子，實際上牠是吸食樹汁的，就像你們飲汽水用吸管　般，牠們運用天生的吸管。」

「蟬為什麼只在夏天叫？是不是牠們怕熱，在那裏嚷着好熱呀！好熱呀！」德德又問。

「蟬的幼蟲是住在泥土裏的，根據法國有名的昆蟲學家法布爾說，牠們最少要在黑暗的地下生活四年，才揀一個夏日鑽出地面，換下醜陋的外殼，長出美麗的透明翅膀，在陽光下高聲歡唱。」中年人把蟬還給孩子們，抬頭看看綠蔭中的鳴蟬。

「蟬有多長的生命？今年唱了，明年夏天還會唱麼？」翠玲問。

「據說牠們出土之後，只有一個多月的生命，牠們的演唱會開完之後，也就要離開這個世界了。」那位先生說。

「難怪牠們叫得這麼盡力，時日無多啊！」翠玲不覺有點傷感。

「比起一種叫蜉蝣的小蟲來，牠們已經是長命的了。蜉蝣由幼蟲變為成蟲之後，只有幾小時或者一兩天的生命，所以古人說牠朝生夕死。」

「這樣的生命有什麼意思呢？」德德不禁懷疑。

「我們人類可以活到八九十歲，看來比這些昆蟲長久得多，可是和無窮無盡的時間長河相比，何嘗不是一瞬之間？所以，我們要好好珍惜寶貴的時間啊！」中年人拍拍德德的肩膊說。

「你是不是老師？」翠玲問。

「是呀，你怎麼知道的？」中年人微笑着說。

「聽你講話便知道了。」翠玲得意地說。

「唔，我們教書的總是道理多多，習慣難改。」

「我們學校裏的老師很兇，不像你這麼好人。」那穿背心的小男孩說。

「你讀幾年級啦？」這位老師問。

「五年級。」小男孩回答。

「唔，數學和英文都很難，是不是？」

小男孩深深地點頭。

「你為什麼搶我的蟬？快還給我！」一大一小兩個男孩跑了過來。大的在前面走，小的在後面追。

「你不還給我，我回去告訴阿爸！」小男孩見追不到，便停下來，又作出準備回家的樣子。

「嗱，還給你了！」大男孩把他手上的蟬往地上一丟，但見那蟬在地上亂撲亂轉，吱吱地叫着。

小男孩把蟬從地上拾起一看，隨即嚷道：「啊，你壞！你把牠的翅膀撕破了！你快賠我一隻！」

這時大男孩早走得無影無蹤，小的不見了哥哥，把那受傷的蟬往地上一摔，也跑掉了。

那位老師拾起在地上掙扎着的蟬，看到牠一邊翅膀已被撕去，另一邊也只剩半截。

「可惜！」他歎息了一聲，把牠放在附近的樹幹上。

「這裏不安全，不如把牠放高一點。」那穿背心的小男孩說。

跟着，他把手上的蟬交給德德拿着，捉住那隻受傷的蟬，貓也似的爬到樹頂去了——幸而沒有公園的管理員看見。他把那隻蟬放在高高的枝椏上，看到牠緊緊地抓着樹枝，才又靈活地爬下來。

這時稍為靜下來的蟬鳴，忽然又變得響亮。

「唔，牠又在唱了！」翠玲說。

大家不知道是翠玲的耳朵靈還是眼睛利，能夠聽到或是看到這隻受傷的蟬又在唱歌，不過卻又都同意她的判斷。

「這兩隻蟬怎麼辦？」德德舉起雙手說，「我提議——」

「放了牠們！」三個孩子一齊說。

「一二三，發射！」德德手一鬆，兩隻蟬同時飛上了半空，兜了半個圈，各自躲進一叢樹蔭裏去了。

這時似乎整個公園的蟬同時叫了起來，響成一片。多麼單調而又美麗的夏日音樂啊！

成長故事

擦鞋幫

「擦鞋幫」之名是何國泰起的。

那次商量旅行的事，有人建議去大浪西灣游泳；有人建議去石梨貝水塘燒烤。

何國泰最喜歡游泳，他是本校水運會的乙組冠軍嘛，當然希望在綠波中一顯身手。燒烤是他最反對的了，他正為臉上的青春豆煩惱，怕燒烤之後，臉上的豆會大發特發。

可是Miss 李說：

「夏天游泳本來好玩，可惜兩位帶隊的老師泳術都不行，到時怕照顧不來，不如去燒烤吧！」

Miss 李剛說完，便有兩三個女生一齊說贊成。

何國泰心中有氣，大聲說：

「最憎那些擦鞋幫，Miss 說什麼他們就說什麼。阿 Sir 話東，他們從來不敢話西。這麼熱的天氣去燒烤？還怕不夠熱麼？黐線！」

Miss 叫大家表決，結果贊成去燒烤的超過一半，事情就這樣決定了。

何國泰事後對幾個贊成去游泳的同學說：

「潮流興擦鞋，有什麼辦法！」

擦鞋幫的首領是女班長曾麗雯，時常幫老師擦黑板和捧習作簿。有一次，她帶了一大束茉莉花回來送給老師，說是自家園裏摘的。好幾位老師把花養在案頭的瓶裏、杯裏，使教員休息室滿室清香。

擦鞋幫的副首領是何長青，這位男同學是班裏的高材生。可是他既不會打球，也不愛游泳，時常跟女同學一道談天或做功課。何國泰說他是「乸型」。老師吩咐功課的時候，他從來不嫌多，還要問：「還有嗎？還有嗎？」何國泰有時故意學着他的腔調說：

「還有嗎？還有嗎？全世界數他最勤力！」

其實何國泰的成績也不差，上課也很留心聽書。最大的毛病是喉嚨粗，有什麼想說的，也不舉手，也不等老師叫，就嘩啦嘩啦的倒出來。

據說他的父、母親都在大陸，他跟着祖父、祖母生活。祖父已年過七十，是退伍軍人，只因脾氣臭、骨頭硬、不善逢迎，雖曾屢立戰功，卻只做了個小小連長。何國泰很尊敬祖父，也要做一個硬骨頭，不拍馬屁——拿現在的話說便是不「擦鞋」！

因此他很少跟老師交談。上學的時候，有老師走在前面，他就故意慢慢走，或是繞圈子「爬頭」。有時班主任Miss李主動跟他談話，說不上三句，他就借故跑開。他的想法是：瓜田李下，事避嫌疑。免得人家以為我何國泰也是擦鞋之人。

有一次，Miss李派英文測驗卷。最高分的是何長青，九十五分；第二高分是曾麗雯，九十分。坐在她後面的李月鳳只得六十分，便借麗雯的試卷來對答案。對呀對的忽然發現曾麗雯應該只得八十分，老師多給了她十分。

李月鳳怕自己算錯，便把卷子交給何國泰覆核。何國泰算了兩次，果然只得八十分，便呱啦呱啦的嚷起來說：

「Miss，是不是班長有分加？明明八十，變成九十，太偏心啦！」

Miss 李把卷子拿去覆核了一下，發現自己果然多給了十分，便說：

「對不起，是我算錯了！」

她拿紅筆在卷子上把分數更正。

「原來擦鞋有這樣的好處！」何國泰冷冷的說。

曾麗雯聽到，忍不住伏在書桌上哭起來。

下課鐘響了，Miss 李叫何國泰留下，請別的同學離開課室。

曾麗雯在女同學撫慰下，低着頭出去了。課室裏剩下何國泰和 Miss 李。

何國泰裝出一副毫不在乎的神情。

「何國泰，你上次數學測驗多少分？」Miss 李問。

「八十五。」何國泰答。

「錯了幾條？」

「三條。」

「你也會算錯嗎？」Miss 李問。

何國泰不答。

「人人都有可能算錯，一點也不奇怪。我謝謝你指出我的錯誤，可是你不應該侮辱同學，也不應該侮辱我！」Miss 李說的時候分明在生氣了。

何國泰心中也有一點後悔，但他認為承認錯誤是「衰仔」行為，很容易淪為擦鞋友，因此他閉着嘴不說話。

「希望你以後看事情不要存有成見。」

Miss 李放走了何國泰，沒有處罰他。

第二天小息時，何國泰在操場上練球，因為社際足球賽快將舉行了。

這時何長青陪着 Miss 李在操場邊走過。何長青滿臉笑容，嘴裏不知說些什麼。

「又在擦鞋了！」何國泰心中有氣。

這時球兒正好來到他的腳下，也沒有細想，便一腳把球向何長青踢去，目的是嚇他一跳。

誰知球兒在眾人驚呼聲中，朝Miss李的面部飛去。Miss李把頭一讓，球兒仍碰到她的眼鏡，把眼鏡打掉在地上。

何國泰知道闖禍了，衝前去看，幸好Miss李沒有受傷，只眼鏡的一塊玻璃破了。她的近視不深，不戴眼鏡也沒有困難。

「對不起啊！Miss李，我不是故意的。」何國泰又害怕又後悔。

這時何長青把少了一塊玻璃的眼鏡拾起來交給Miss李。

「Miss李，眼鏡配了多少錢？我賠給你。」何國泰說。

「算了，你不是故意的，不用賠，不過以後要小心點才好！」Miss李請何長青去找掃帚、垃圾鏟來把碎玻璃掃掉。

「讓我來！」何國泰搶着去做這件工作。

從此，何國泰的大喉嚨沉默了下來，再聽不到他叫什麼擦鞋幫了。

那天轉堂的時候，值日生正忙着補抄歷史筆記，是何國泰出去替他擦黑板的。

本來替同學做事不算什麼，稍為奇怪的是這個值日生正是被何國泰視為擦鞋幫副首領的何長青，大家都想不到何國泰會幫他的忙。

過了幾天，上早會的時候，Miss 李向全校同學講述一件使她感動的事。

那天她坐在巴士上層近窗的位置，發覺巴士停站時久久不開，往下看見有兩個盲婦正摸索着下車，她們的樂器和行李，碰碰撞撞的拿不下去，正感困擾。這時有個少年人跳下車去，幫她們把行李搬下去。巴士開了，Miss 瞥見那少午正替盲婦提着行李帶她們橫過馬路。這少年穿着本校的校服，Miss 李認識他，並且知道他本應不是在這一站下車的。Miss 李說：

「當時我很感動，我為本校有這樣的好同學感到光榮。今天我要向大家介紹這位好同學，他就是中三甲班的何國泰！請他出來！」

在全校同學雷鳴的掌聲中，何國泰滿面通紅的跑出去向大家鞠了一躬，又飛也似的跑了回來，引來大家的笑聲和更熱烈的掌聲。

這天有一位同學對何國泰說：

「何國泰你真威！今天 Miss 也要擦你的鞋呢！」

何國泰沒有說什麼。

不過大家發覺他出來幫老師擦黑板的次數多了。也有同學取笑他說：「何國泰反對擦鞋，但不反對擦黑板。」

星期一那天，何國泰拿了一大袋龍眼回來，說是在他家屋前那棵龍眼樹上摘的。龍眼很甜，是石硤名種。何國泰請全班同學吃，並且揀了一大束交給曾麗雯說：

「班長，請你拿去給老師吃。」

曾麗雯笑着說：「龍眼是你拿回來的，我可不想借花敬佛。這個鞋還是你自己去擦。」

在眾人的笑聲中，幾個同學推推拉拉，終於把何國泰和那束龍眼送進了教員室。

賣橙的孩子

「爸爸為什麼還不來?」阿祥一次又一次的看着手上的跳字錶，快要到十一點二十分啦，爸爸平常很少遲過十一點的。

兩箱橙都快賣完了，阿祥把剩下的十幾個分成兩堆。

「五文一份!五文一份!」他向經過的行人兜攬着，眼睛卻瞧着那邊街角，每天爸爸都是在那邊出現的。

只要爸爸一到，他的任務就算完成。兩父子推着賣剩的水果回家吃午飯。有時生意好，水果賣光了，阿祥就坐到車上去，讓爸爸推回家，算是免費的娛樂。

阿祥回到家裏還要做功課呢。他讀下午班，晚上做不完的功課，就要留到第二天早上做。可是現在快要十一點半啦，爸爸還不來，只怕要做也做不及啦!

一個月之前，阿祥做功課的時間是很寬裕的。那時爸爸媽媽一同出外做生意，留下阿祥在家看門。他可以做功課、砌模型，看電視。他最重要的任務只是洗米、煮飯，那很容易。阿祥讀一年級的時候就會做了，現在他四年級啦。

都是因為媽媽腳腫，阿祥才和媽媽調換了工作：媽媽在家煮飯，阿祥出外做生意。媽媽的腳腫病也已經好幾年了，時好時壞，不過這次腫得比較厲害，連鞋子也穿不進去。腳眼上的肌肉，一按下去就是一個窪兒，很久很久也不彈上來。醫生說除了吃藥之外，一定要在家多休息，不可以長久地站着。

那天爸爸很為難地跟阿祥商量說：

「明天你替媽媽去賣橙好不好？只要半天，媽媽的病一好，就不要你去了。媽媽的病很快好的。」爸爸說的時候，眼睛都不敢看着阿祥，因為他知道阿祥一定不願意去。

阿祥的確不願意去。他心裏害怕好幾樣東西，不夠時間做功課只是其中一樣。他怕遇見同學和老師難為情。他又怕抓無牌小販時，把他捉上警局——在他想像中，警局是一處很可怕的地方，而且像壞人那般，被警察捉着，是多麼羞恥呀！

可是阿祥知道爸爸的困難：單靠爸爸一檔生意，賺的錢不夠用；何況媽媽病了，看醫生也要用錢。爸爸是很少求人的，看到他為難的樣子，阿祥心裏一熱，就充起好漢來了。他一拍心口說：

「賣橙？我最拿手啦！」跟着他模仿爸爸的腔調吆喝道：「十文七個！十文七個！好甜的新奇士！」

父親的愁容一下掃清，又愛又憐地輕輕打了一下阿祥的後腦瓜說：「小鬼！」

第二天開始，阿祥就跟爸爸出外做生意了。爸爸先幫阿祥把兩箱橙推去一處街角，這裏的行人道比較寬闊，行人不多也不少，有生意，但不會太忙，警察也很少干涉。把阿祥安頓好之後，爸爸自己就去街市邊擺檔，那邊的生意好得多，可是差不多每天都要「走」一次「鬼」。爸爸在那邊做完一輪生意之後，就來接阿祥回家。他怕孩子推車過幾條馬路不安全，所以吩咐阿祥一定要等他來接。

可是如今已經快十二點了，爸爸還不來！十題算術、兩篇抄書、社會作業……偏偏今天未做的功課這麼多！

剩下的兩堆橙也已賣掉，阿祥苦着臉望向街角。有幾次好像爸爸出現了，結果卻只是別的路人，他也曾幾次想自己推車回家，但記起爸爸的叮嚀，又留了下來。

街上開始出現一些上午班放學的學生，阿祥知道再留下去，不但做不成家課，還會遲到。便作了決定，氣惱地把車子推向回家的路上。

過了兩條馬路，他遇上蹣跚地走來的母親。母親一臉的不開心，也顧不及聽阿祥的埋怨，幫阿祥推着車說：

「快回去吃飯吧，要遲到啦！」

「阿爸呢？」

「他在警局，打電話叫我接你回家。」

阿祥知道是什麼一回事了，他眼中噙着淚，推開了車把上媽媽的手說：「讓我推就行了，你慢慢走吧。」

假如媽媽肯的話，他真想請媽媽坐在車上，讓他推回家。

阿祥沒有遲到，剛剛在上課鐘響的時候衝進了學校。

第一節是班主任的課，像平常一樣，點名之後，他吩咐沒有交齊家課的同學站起來。

連阿祥在內，有五個同學站了起來，大家都低垂着頭。

這是全校脾氣最好的一位老師。他捨不得處罰學生，像今天這樣，也只是皺着眉頭跟大家講道理：

「做好功課是每個同學的責任，就像教書改簿是我的責任，賺錢養家是你父母的責任一樣。你們的老師、你們的父母，都已經盡了他們的責任，為什麼你們做學生的，卻不肯盡自己的責任呢？你們想一想：你們對得起父母嗎？」

班主任這番話，大家聽過已不止一次，所以阿祥沒有真的去想：他究竟對不對得起父母？甚至老師叫大家坐下時，他也沒有聽見，仍舊站在那裏。因為他正想着：最好能夠快快地長大，開一間大大的水果店，爸爸不用「走鬼」，還可以請最好的醫生，把媽媽的腳醫好……

我不再搗蛋

在很遠的一座山上，有我媽媽的墳。那山上有松樹、有青草，有開着藍色小花的鐵馬鞭草，也有開着紫色小絨球花的含羞草。

我記得埋葬母親的那天，是一個老陰天，爸爸垂頭喪氣，我瑟瑟縮縮的跟在他後邊。棺材抬到預定的地方，就放進掘好的墓穴裏；泥土打在棺木上，發出可怕的聲音。我記得我沒有哭，恍恍惚惚的又隨父親回到家裏，家裏像是特別的寂靜空虛。事後想來，我不但在那天失去了母親，還失去了童年的歡樂。

跟着是父親的再娶，弟弟的誕生，就像很多小説和故事所描寫的那樣，後母對我是不公平的。我的性情也開始變了，變得暴躁、妒忌而且陰沉。雖然我那時只有十歲，但曾聽見後母對人説：「這個死仔的眼睛很陰毒，他看一看我，我就打冷震。」的確，我曾經幻想過，怎樣用一把利刀把她刺死。

從弟弟出世的那天我就仇恨他，在他很小的時候我就揪他、作弄他、打他；為此我曾吃過後母的雞毛掃，也吃過爸爸的巴掌，但我把新添的憤恨全加到弟弟身上去了。

弟弟一天比一天長人，他清楚地知道我是個不懷好意的哥哥，他也練就了一套對付我的法寶：只要我一碰到他，他就尖聲叫嚷，讓他的母親聞聲來收拾我。我呢，也並不傻，後母在家的時候少惹他，後母一出門就要叫他吃一頓好受的。當然，後母一回來，他就會告狀；我呢，就設法衝到門外，大哭大叫，惹得全條街都聽見了。看熱鬧的人圍着指指點點，我知道他們總是同情我的。在這樣的情形下，後母不免有所忌憚，就不得不恨恨的暫時放過我。

「死仔，最好不要回來！」她砰的關上門。

其實我沒有這麼笨肯回去，張家的婆婆會憐惜地撫慰我一番，李家的伯伯會拿兩塊餅乾給我吃，我成了眾人憐惜的對象。直等到爸爸放工回來，我就跟着他一同回家，好心的鄰人早在他面前替我講了好話，我回家是不用害怕的。

那時我的妒忌心是這麼強，不能容忍弟弟有任何勝過我的地方。有一次他穿了一條新褲子，在我面前耀武揚威，我就在他常坐的一張櫈子上釘了一枚釘，沒有到晚上，他的褲子就鈎破了一個洞，雖然他的母親是那樣寵他，仍然免不了要吃一巴掌。

我家沒有養狗，但鄰家的阿福和阿來都是我的好朋友，我總是千方百計的找東西給牠們吃，幫牠們搔癢捉蝨子，牠們也很聽我的話，我叫牠們吠就吠，叫牠們咬就咬。

後母每天出去買菜，總要帶一個叉燒包或是蘋果回來給弟弟吃，我卻總是沒有份的。弟弟吃的時候不但不肯分給我，還要故意氣我，他總是特地走到我面前，一面吃一面說他的叉燒包怎樣香，蘋果怎樣甜。有一次我走出門外不願看他，他卻跟出門來。剛巧阿福和阿來都在門前，我打了個唿哨，使了個眼色，兩隻狗兒便追着弟弟吠叫起來，嚇得他臉都青了，把叉燒包也丟了。聽說他以後晚上做夢也常被狗咬，嚇得從牀上跳起來。

我是放風箏的能手，但是想問後母拿錢買線，這簡直是夢想。終於，我七湊八湊，居然弄到了　卷線，又搶到一隻斷線紙鷂，補好之後我就神氣活現的放起來了。

那天我正放得興高采烈，紙鷂很聽話，不但得心應手，還一連打敗兩個挑戰者。弟弟在一旁看得眼紅了，要我讓給他放一會兒，那時我正玩得如醉如癡，任何人都休想取得我手中的寶貝。那沒出息的弟弟就像孫悟空沒辦法時去請觀世音，他一面假哭着一面去請媽媽了。

「你做哥哥的總不肯讓弟弟，快讓他玩一會兒！」果然觀世音一請就到。

「紙鷂是我的！」我粗暴地說，看着紙鷂頭也不回。

「快給，不給就打你！」後母的手伸過來了。

一時，不平和怨憤一起湧上我的心頭，我把心一橫，飛快地把線放盡，然後用力扯斷了。紙鷂在大家的呼喝聲中，隨着風兒飄飄盪盪的去了。看到後母的驚愕和弟弟的懊喪，我感到一陣快意。

＊　＊　＊

我居然上學了，弟弟讀一年級，我也讀一年級。本來我沒有這麼好福氣，但學校離家遠，後母不放心弟弟一個人上學，要我做他的勤務兵，陪他上學、陪他回家。她還當着弟弟的面警告我説，假如我敢欺負弟弟，只要他回家講一聲，就要狠狠的打我一頓。

我記得上學那天，弟弟穿的是新衣裳，背的是新書包；我穿的是又舊又破的衣裳，拿的是舊書籃。但既然能離開這個討厭的家，能避開視我為眼中釘的後母，我是高興的，可不像弟弟那麼哭哭啼啼的，賴在家裏不肯走。

學校裏的確很熱鬧，但老師卻像後母一樣偏心。我的班主任是個肥胖的近視女人，第一堂上課她就皺着眉頭把我叫出去，用小手巾掩住鼻子尖聲説：「哎呀，就像個小乞兒，破破爛爛，污糟辣塌。」

跟着她警告我第二天要穿得好些，不然就會處罰我。

第二天她又把我叫了出去，我仍是老樣子，她罰我站在牆角。

第三天她又把我叫了出去，又罰我站在牆角。

以後我雖然仍是老樣子，她卻不再罰我了。從此我得了一個花名：「乞兒仔」。但自從有一個叫我「乞兒仔」的同學，嘗過我的拳頭滋味之後，敢當面叫我的已經很少了。

我是善於適應環境的，既然沒有任何人肯保護我，我就要學會保護自己。兇惡的老師上課時，我就裝得循規蹈矩，留心聽書；脾氣好的老師上課時，我吵得不比任何人差。

我還有一個隱藏的願望，就是讀書的成績要比弟弟好。所以我雖然頑皮，成績卻還過得去。

學校裏有個食物部，下課的時候那裏就擠滿了人，從那裏一包包的花生米、蝦片、魷魚、牛肉乾……傳到同學們的手中。而我，只有吞唾沫的份兒。

不過這情形很快就改變了，花生米、蝦片、魷魚、牛肉乾……我要吃什麼有什麼，是人家買好了送給我的，你說多叫人開心！

「阿楚，借本算術簿來抄抄。」每早一回校，懶鬼陳小勇、趙招羣就爭着來借。

「一包蝦片。」

「一包五香豆。」他們爭着付出代價，而我是來者不拒。

上默書課的時候，鄰位的曾志光老是要問我，我教他一個字的代價是一片香口膠，每默一次書，我最少賺到一整包。

雖然同學中有一班人和我「做生意」，或是進行一些頑皮的合作，但我實在一個朋友也沒有，我覺得沒有任何人關心我，我也不想關心任何人。

時光過得很快，我讀四年級了，弟弟的成績雖然不好，但次次都能勉強升班。

班主任姓何，是個和藹可親，戴着深近視眼鏡的男先生。據班上留級的幾個同學說，這位老師不用怕，脾氣好得很。他們還故意在上課時表演搗亂給我們看：做怪聲、敲桌子、說笑話……證明這位老師果然好欺。

這樣的好機會我豈能放過，我把從前在老師們身上得來的怨氣都在這裏發洩了。我吵得比任何人都響，我搗亂的花樣比任何人都多。在這方面我成了眾人的領袖。同學們別的地方可以看不起我，在這一點上卻都佩服我的大膽，而我，是以此自豪的。

那天，何老師一進課室就看見黑板上有一幅怪畫，畫的是一個人頭，上面戴着副很大很大的眼鏡，眼鏡上有幾十個圈兒。旁邊還題了四句，那是：「眉似八刀，眼如日月，鼻似幺田，口如牛一」，最後還有：「此何先生之肖像。」這當然是我的傑作，那四句的意思是「分明畜牲」，是我在大笪地聽古仔時學回來的。

脾氣好的何先生，這時也動了氣，在同學們惡意的嘩笑聲中，他的臉漲得通紅。他想找粉刷來擦，粉刷卻不見了。當他終於在桌子底下找到粉刷，把黑板上的怪畫擦去時，手上卻染得烏黑，原來粉刷上是搽了墨的。這時同學們笑得更厲害了，還有人乒乒乓乓地敲桌子，課室裏烏煙瘴氣。「靜點，靜點！」他微弱的聲音消失在喧囂中，根本沒有人理會。

「不准吵！」一聲響雷似的呼喝使課室頓時靜了下來。門口站着有黑面神之稱的訓育主任，吃過他籐鞭的人都知道他的厲害。

「何先生，這是怎麼搞的，課室亂成這個樣子，還能上課嗎？」黑面神黑着臉對何老師說，何老師的臉更紅了，他頹喪地站在那裏一聲不出。面對着我最憎恨的訓育主任，我不覺同情起何老師來，我覺得剛才自己太過分了一點。

「剛才是哪些人在吵？」黑面神又轉向我們詢問。

課室裏鴉雀無聲，大家把目光集中在我身上，黑面神也發覺了這一點，他嚴厲的目光在我臉上打轉，在這許多的目光壓迫下，我坐不住了，一時的衝動使我站了起來。於是我被領出了課室，於是我嘗了狠狠的十幾鞭（手掌痛得第二天也不能拿筆）。打完之後他罰我站在校務處門外，直到放午學也不放我。弟弟一個人回家吃午飯了，他回家一定會加油添醬的把這事告訴後母，說不定我回去又得捱一頓打，更難受的是肚子餓得咕咕叫。

訓育主任吃飽飯脾氣似乎好了點，他咬着牙簽回校務處時順手打了我一巴，意思說：你可以走了。我對他的背影吐了一口唾沫。正想離開時，一隻手拉住了我，原來是何老師。我想：麻煩又來了，大概他還不肯放過我。誰知他卻把一個紙袋交給我，打開一看，裏面是兩個麪包。剛才被黑面神打的時候我沒有哭，當我躲在一角吃何老師的麵包時，不知為什麼卻流了幾滴眼淚。

*　　*　　*

那是黃皮正熟的時候，學校附近的一家果園裏有幾棵黃皮樹，纍纍的果子，把大家的口水都引出來了。我是爬樹的能手，大家都慫恿我去偷，在看園人正尋好夢的好些個清晨，我大有所獲，同學們既然常請我吃蝦片、牛肉乾，我請他們吃不花本錢的黃皮也是應該的。但聞風而至的弟弟卻沒有份，我偏偏不分給他，誰叫他平時吃東西不分給我，還要在我面前示威呢？現在也輪到我在他面前示威了。

或許因為那些黃皮實在引人，或許他想顯一顯本領，弟弟也爬到黃皮樹上去了。忽然，在樹叢那邊出現了管園人的帽子，眼尖的一聲唿哨，大家都走了個清光，只剩下剛爬到樹上的弟弟，心慌意亂，不知怎樣好。

「捉賊呀！」那管園人兇惡地大叫。

弟弟向下滑了幾步，眼看就走不脫了，橫着心向下一跳，哎呀一聲，竟坐在那裏起不來了。

我把弟弟背了回家，他的右腳跌斷了骨，痛苦使他把怨毒加在我身上，對他母親說是我叫他爬樹的。心疼親生兒子的後母狠狠的鞭着我，把一枝雞毛掃的毛全打掉了。甚至我逃到街上去，她還追着打。並且高聲嚷嚷說，從此不准我再進門。我呆站在街上，一面撫着傷痕一面哭泣。這情況就是到父親回來也沒有改善，連他也認定我是這件事的罪魁。

天漸漸黑了，吃晚飯的時候早已過去。左鄰右里也弄不清這件事的是非，我早已不是他們同情的對象，我的頑皮越來越甚，已使他們對我冷淡。於是我孤獨的站在街角，連那兩隻聽話的狗兒也不知到哪裏去了，不肯來陪陪我。

「這麼夜還在街上，你弟弟怎樣了？」一個熟悉的聲音，原來是何老師。

我一聲不響。

「你家在哪裏？帶我去看看你弟弟。」他慈祥地摸摸我的頭。

「他們趕我出來，不許我回家。」我哽咽着說。

「不要緊，我幫你爸爸媽媽講一講，他們會讓你回家的。」說着又親切地拍了拍我的頭，然後找到我家的門牌，走進去了。

半小時後他走了出來（這半小時早把我的頸望長了），拉着我的手說：

「回去吧，爸爸不會打你的。」

我遲疑着，他連拉帶勸的把我送了回去，爸爸和後母雖然沒有睬我，但新的責罰總算逃脫了。

從這次起，不知為什麼，我上何老師的課特別守秩序，不但自己留心聽講，還勸別的同學也守秩序。有一次，有幾個同學在上何老師課時搗亂，下課時我幾乎和他們打了起來。

在這期間，何老師還交了兩件工作給我，一件是管理班上的小圖書館，一件是幫弟弟補習功課，因為弟弟跌斷了腳，還不能回校上課。

第一件事我很高興做，我覺得這是老師看得起我，我一定要做好它，於是我把所有的書都用新包書紙包過，詳細地編了號數。

第二件事我本來不願意做，但既然是何老師吩咐的，我還是答應了。在我幫弟弟補習的第二天，我吃到了一個叉燒包，那是弟弟留給我的。第三天我吃到了一個蘋果，那是後母親自拿給我的，當我接過那蘋果時，我幾乎有點不相信自己的眼睛。

由於很多同學的功課差，何老師叫我們選出幾個小先生，幫助同學補習功課，我也當選了。雖然現在我教他們是不計報酬的，但我覺得比有魷魚、蝦片吃

的時候還要高興。

一切似乎都在變，變得好，變得溫暖。我身上的衣服沒有那麼破爛了，不但洗得乾淨，也常有新的替換。弟弟的腳醫好後，哥哥、哥哥的叫得很親熱，他的功課不但沒有退，還有了進步。同學們跟我也很融洽，我們還組織了一隊小足球隊，我踢的是正前鋒。學期中段試我考了個第三，得到了爸爸的稱讚，他已很少打我了。何老師對我好，那就更不用說了，但他並不是對我偏心，我一有過失他就嚴肅地告訴我，還時常對我說：「你現在各方面都有了進步，但可不要驕傲呀！」他的忠告很重要，因為我自己也發覺有些地方太「牙擦」了一些。

在這個學期行散學禮的一天，何老師忽然叫我去見他。一個意外的消息使我難過萬分，他說下學期不在這間學校教了，因為校長不再聘請他。我問他將會到哪一間學校任教，他說還不知道。跟着他叫我不要難過，要我在新的學期裏，更勤力讀書，更好地幫助弟弟和同學，還叮囑我不要驕傲。最後，他送我一本書。我含着眼淚告辭了他。到今天他的這本書還在我身邊，我不但自己看，還把書中的故事，有時更加上我自己的故事，說給學生們聽——因為，我現在已是一個教師了。他那本書的名字是《愛的教育》。

尖東的一個下午

「一早就煲電話粥，桌上的碗筷也不收拾！平日你要上學，總是阿媽做，今天你放假，放下碗就走開，這麼大的女孩子，該不用別人叫，自己會拿去廚房洗的啦！什麼都留給阿媽做，我是你們的老媽子麼？人家隔壁的阿碧，也是你這樣的年紀，讀書成績又好，又幫她媽……」媽媽一開口就停不下來，她正在晾衫，那麼一大桶衫，要晾好一會兒，在她全部晾好之前，是絕不會停口的。

「……老媽子在罵人啦，一會兒我再打給你。」瑩瑩掛斷了電話就去收拾碗筷，今早吃粥，弟弟座位前的桌面最亂七八糟，又是倒瀉的粥，又是大傷風抹鼻涕的紙巾。

「又不叫弟弟做？偏心！」瑩瑩心裏嘟囔着，還是乖乖的抹了桌子、洗了碗筷，把吃剩的小菜收到冰箱裏。

「洗好啦！」交待一聲之後，瑩瑩躲進房間，她房間裏有部自家安裝的分機，又繼續她的電話交談了。

電話裏 Jeannie 約瑩瑩下午去尖東。

「放這許多天假，出來玩一次也不過分嘛！」Jeannie 似乎對瑩瑩母親的專制很不以為然。

瑩瑩終於到了尖東，在那羅馬式的圓拱建築物下見到 Jeannie 和她的朋友，兩女三男，正在拍照。相機是其中一個男孩的，長短鏡加腳架，設備很齊全。

Jeannie 介紹她的朋友給瑩瑩認識，他們都對瑩瑩說 Hi！瑩瑩一時無法記住他們的名字，但漸漸知道那相機的主人是 David，他是 Jeannie 的男朋友。Jeannie 親暱地依偎着 David 拍照，有時用自拍掣，有時讓一個叫 Rocky 的代拍。

這個 Rocky 個子矮小，長得又黑，卻和那嘴裏不停哼歌的肥妹仔是一對，兩人一直打打鬧鬧，看得瑩瑩肉麻。

剩下的一個男孩子，穿大褸，戴墨晶眼鏡，很少講話，緊繃着臉。瑩瑩心想：

「十來歲的小子，扮什麼 cool！」

對方既然是愛理不理的態度，瑩瑩也冷冷的當他不存在。

六個人尷尷尬尬的逛了一會兒，Jeannie 提議去吃 Pizza，玩了個九塊九毛錢的堆沙律遊戲。肥妹仔堆得最高，捧回座位時被人一撞，跌了不少在地上。她便老實不客氣的從 Rocky 盤裏拿走了一大堆。

他們還沒有吃完，那扮 cool 的小子被幾個染了「綠毛」的男孩叫走了。Jeannie 提議去看戲，買了份報紙，看有什麼好戲看。瑩瑩見夾在兩對人中間很不是味道，便推說有點頭痛要回家。大家一同離座時，瑩瑩見那份報紙被遺留在枱上很是可惜，便順手帶走。

瑩瑩一時不願回去，走到海旁吹風。天有點陰，想下雨的樣子。幾隻海鷗在水面低飛盤旋，不時像發現什麼目的物，來個突然的俯衝。正看得出神，忽聽得身旁有人喊她的名字：

「陳素瑩！」

回頭一看，見一個穿藍色牛仔褸的男孩正微笑着看她，十分面善，卻叫不出名字。

「超人炳，小學同學，還記得嗎？」

是了，何炳榮，全班最高的高佬。幾年不見，更離奇的高了。瑩瑩仰着頭看他，笑着問：

「你還記得我？」

「靚女嘛，怎會不認得！」

瑩瑩罵他口花，但心裏還是歡喜的。

究竟是同學，大家的話題很多，談到當年學校的趣事，一些同學的近況，大家一同笑着、感慨着，兩人不覺談了很久。

「對不起，我想抽煙，你介意麼？」何炳榮一面在口袋裏掏着一面問。

瑩瑩嘴裏說不要緊，心裏卻覺得意外。看着他熟練地點火、噴煙，忍不住問：

「你學校准抽煙麼？」

「自然有辦法。」他在煙氣中瞇着眼睛說。

「現在的煙這麼貴！」瑩瑩覺得不值地說。

「所以我假期做part time。今晚也要開工，賺錢買煙。」他一面說一面看看錶。

「做什麼工？」瑩瑩問。

「沒一定，有時做酒樓，有時做髮型屋。」

「平日要讀書，假期要開工，不覺辛苦麼？」

「如果覺得辛苦，就自己放自己假囉。我覺得開工不辛苦，沒錢用才辛苦。」何炳榮笑着說。

「那麼你有時間溫書嗎？」

「溫不溫還不是一樣！我這種懶學生注定是失敗者！」他做了個無可奈何的表情。

「那麼你會考之後有什麼打算？」這正是瑩瑩自己想獲得解答的問題。

「考電視藝員囉，考警察囉，或者做時裝模特兒囉！」他半真半假的擺了幾個

「甫士」，看起來倒是似模似樣的。

「你夠高，穿衣服好看。」瑩瑩誠意地說。

「Thank you！」他誇張地鞠了個躬。又隨即扭了幾個舞步說：「我喜歡跳舞，跳舞對我將來的職業有幫助。我每個星期都去P或者落D，你有興趣一齊去玩玩嗎？」

「我不會跳，而且……」她本來想說媽媽很保守，可是她還是忍住了。

「很容易學的，去一兩次就會了。」他似乎很熱心。

「我很蠢的。」瑩瑩笑着說。

「你蠢怎會考第一？」瑩瑩讀小學的時候的確考過第一，難為他還記得。「你的電話幾號？讓我打電話邀請你。」

瑩瑩遲疑了一下說：「我快搬家了，電話告訴你也沒用。」

何炳榮似乎並不失望，順手拿過瑩瑩手上那份報紙，寫了個電話號碼在上面。

「有空call我，我夠鐘返工啦！」他又看了看錶，做了個瀟灑的再見手勢，匆匆的走了。

瑩瑩見時候不早，準備回家，天卻灑下密密的雨絲來。瑩瑩用手上的報紙遮頭，急步走去車站，趕上了一部剛到站的巴士。

巴士上人不多，她揀了個靠窗的座位，玻璃窗上的雨珠把外面的世界折射得奇幻美麗。想起小學時的「超人炳」和剛才在尖東的他，瑩瑩覺得有點滑稽，不禁微笑了。

「要不要打電話給他？跟他去跳舞？媽媽不知又要嚕囌多少次了！還有阿爸，罵起人來比媽媽更厲害，嗓門又大，左鄰右里都會聽到，他們一定不喜歡超人炳，又吸煙、又貪玩，唉！麻煩！……」

這時她才發覺手上的報紙不見了，一定是上車之前已經被雨點濕得爛溶溶，隨手丟進垃圾桶去了——那上面有何炳榮的電話號碼。

「也好。」她輕輕的舒了一口氣，把玻璃窗開了一條小縫，讓外面清涼的風夾着幾點小雨打在有點灼熱的臉上。

這個暑假

阿玲醒來時已是滿室陽光。屋子裏很靜，看看牀頭的鐘，上午九點，妹妹上學去了，爸媽開檔還未回來——這麼熱的天，有幾個人想吃他們賣的糯米飯！剩下來的又要當午飯了。

昨晚的「狂歡」玩得真癲，十個女孩子擠在三百呎的單位裏，沒有大人——剛好旅行去了；沒有考試的壓力，會考的惡夢已經過去。起先是扮鬼扮馬，後來是亂唱亂跳，大家把喉嚨都喊啞了，肚子都笑痛了——肥蘭按着肚皮說：「哎呀，救命呀，笑得我好辛苦呀！」引得大家笑得更厲害了。

後來不知是誰建議，手拉手唱《友誼萬歲》，電燈熄了，換上了蠟燭。唱到一半，大家的聲音已經變了，跟着是互相摟抱着哭成一團。也不知哭了多久，有家人打電話來催女兒回家，大家才依依不捨的散了。

窗外一隻蟬蟣的叫了起來。「啊，我的暑假開始了！」阿玲仍然躺在牀上，舒服地伸了個懶腰。

外面有開門的聲音，是爸媽回來了。又在爭論着什麼，生意越是不好，他們之間的齟齬越多。阿玲知道，如果自己無所事事的呆在家裏，火頭便會燒到自己身上，一定要找暑期工做。

電話鈴響了。「是阿倫打來？」阿玲一跳起牀。聽筒裏傳來的卻是肥蘭的聲音。

「喂，有份工作你有沒有興趣？」肥蘭講電話總是那麼大聲，阿玲要把聽筒移開少許。

「肥蘭，你這麼大聲，耳膜都被你震破啦！什麼工作呀？」

「做行街，推銷毛公仔，有底薪，有佣金……。」

晚飯後，阿玲和阿倫同坐在海旁。夏天的夜來得遲，海上滿是夕陽的餘暉。

「我的腿很瘦呀！」阿玲自己搓捏着。她瞟阿倫一眼，希望他自告奮勇，幫她按摩一下。可是阿倫眼望遠處，並沒有什麼表示。

阿倫今年也參加會考，是用自修生名義報考的。他去年考過一次，成績不好，今年重考，不過依然還是考得不理想。

阿倫和阿玲本來是同學，阿倫比阿玲高一班，兩人在學校的劇社活動中成為好朋友。阿玲愛過阿倫，阿倫卻喜歡另一個叫阿冰的女孩子。為此事阿玲哭過好幾次，但隨着阿倫的畢業離校，這段情漸漸淡下來了。

會考的第一天，阿玲卻在試場中碰見阿倫，他比以前高了、瘦了，眼神帶點憂鬱，開始有一種男子成熟的味道。是他主動跟阿玲打招呼的，似乎還有種故友相逢的喜悦，拿着准考證跟阿玲的比對着，看有哪幾天是大家同一試場的。

跟着他們有好幾次相約一同溫書，自修室要一早去排隊，是阿倫帶阿玲到這個棄置了的碼頭來的。

溫習時，阿玲起碼知道阿倫有兩樣改變，一是他學會了抽煙，那是他在一間工廠工作時跟工友學的；另一樣是阿冰已經和他分手，雖然他仍不能把她忘記。

那個下午，是他們重逢後的第三次見面了。阿倫淡淡的説着自己過去一年的經歷。他手指上夾着煙，很久才深深的吸一口。阿玲忽然覺得阿倫很可憐。會考失敗，要去捱工廠；愛情又失敗，那一定是很痛苦的，自己也曾經歷過，真是一種痛不欲生的感覺，難怪他要吸煙。一種女子的母性的衝動，使她取去了他手上的煙，用力擲進海裏。她無限憐愛地望着阿倫說：

「阿倫，你要愛惜自己！」

阿倫捉着阿玲的一隻手，貼向自己的胸前。阿玲感覺不到他的心跳，自己的心卻怦怦的跳起來。

從那個下午開始，他們的關係有了改進，有時他們背貼着背坐着，有時他們輪流枕着對方的腿小睡。

「有沒有做成生意？」阿倫終於把望向遠處的目光收了回來。

「氣死人了！那些玩具店把我們當乞丐，愛理不理，給貨辦他們看，他們連看也不想看，有些肯看了，卻彈得一錢不值，面懵死了！」

阿玲終於辭了推銷毛公仔的工作，因為那三十塊錢一天的底薪，除掉車錢和午膳費，實在所餘無幾，而最使她難受的是一次又一次的失敗和沮喪。

她辭工之後，肥蘭也不做了。

阿玲從報紙的聘請欄中找到一份新的工作。是一家私家偵探社請職員，她去應徵，本來以為希望不大，誰知卻成功了。

偵探社的老闆又瘦又小，留着兩撇鬍子，戴着一副陰陽色的眼鏡。他的眼睛倒很大，在鏡片後面骨碌碌地打量着阿玲。

老闆自我介紹說姓黃，曾經做過警務人員，現在改行開偵探社。他說偵探社新開，需要三種職員，一種是文書抄寫，可以把工作帶回家做；一種是跟蹤，還有一種是留在偵探社打字、聽電話。

阿玲不願留在家中，又怕跟蹤工作做不來，便選了留在偵探社聽電話的工作。黃老闆叫她明天上班，但是要她先交三十塊錢做一張工作證，如果她做滿兩個月，這三十塊錢可以發還給她。

阿玲雖然沒有做事的經驗，卻是個聰明女孩，抱定了宗旨只拿錢不出錢，便推說沒有帶錢來。黃老闆也不勉強她，說每小時工資五元，逐小時計算，月尾出糧，三十塊錢工作證的費用會在她的薪水裏面扣。

阿玲第二天開始上班，發現偵探社除老闆外還有一個叫彼得的大男孩，負責地方的清潔和跑腿，彼得的脾氣似乎不大好，對老闆也沒有禮貌。

這一天並沒有顧客上門，卻來了一大批應徵的人。黃老闆逐個接見，願意做跟蹤工作的，要留下家中電話，隨時等候任務，報酬是每跟蹤一小時可得十元。願意做抄寫工作的，每抄一百個名字，可得五塊錢。但不論做什麼工作，都要先交三十塊錢做工作證。阿玲心算了一下，這天差不多有三十人來應徵，黃老闆收了九百塊。至於那些做抄寫的，抄寫些什麼呢？黃老闆在電話公司的黃頁分類廣告簿上撕下幾頁派給他們，要他們照抄。

趁沒有人來應徵的時候，阿玲問老闆說：

「這些電話地址拿去影印不行嗎？為什麼要用手抄呢？」

黃老闆莫測高深地一笑說：

「其中自有妙用！」

阿玲的工作很清閒，老闆見她悶得慌便拿些英文文件給她打，也不知有什麼用途。每次打好了交給他，他看也不看就放進一個抽屜裏。

上班的時候沉悶，下班後便渴望着跟阿倫見面。阿倫有時陪她看齣電影，有時到碼頭談天，不過阿玲總覺得他忽冷忽熱的，今天可能對她很溫柔、很關心，第二天卻忽然冷淡得連電話都不願聽。

那天兩人經過一間禮品店，阿倫說要進去買張生日卡。阿玲陪他進去，他細心地揀了很久，才選中了一張。

「是誰生日？」阿玲試探着問。

阿倫沒有回答。

「阿冰？」阿玲再問。

「為什麼你樣樣事情都想知道？」他忽然粗聲地反問，還擺出一個厭煩的表情。

阿玲受不住這樣的對待，趁他還在找錢，便生氣地走了回家。

阿玲躲進房裏哭了一小會兒，心裏等着阿倫打電話來向她道歉。她還準備一聽到阿倫的聲音便把電話掛斷，讓他討個沒趣；然後把電話擱起，等他打來打去打不通。除非他今晚深夜或是明天再打電話來，説盡了好話，才肯原諒他。可是阿倫卻一個電話也沒有打來。

黃老闆又叫那大男孩彼得拿一段請人廣告去登報紙。

「錢呢？」彼得攤開手掌。

「幾十塊錢你先墊一墊吧，回來時給你。」黃老闆説。

「上個月的薪水你還沒有發呢，我哪裏有錢跟你墊？」彼得把廣告稿一丟，坐下來看報紙了。

黃老闆拿出錢包數了幾十塊錢給彼得説：「你怕我走了你的嗎？你媽怕你出了糧亂花，所以我幫你先存着。」

彼得一去便是大半天，下午差不多放工才回來。黃老闆飲咖啡去了，偵探社只剩下他們兩個青年人。

「唔，你偷懶！」阿玲故意罵彼得說。

「我是搏他炒我的魷魚！」彼得說。跟着他又小聲地說：「我剛才去見了另外一份工作，說好了下星期一上班。」

「這裏不好麼？這麼清閒！」阿玲故意說。

「你看不出來麼？這小鬍子是騙子。叫人家抄電話簿，卻從來不給錢。人家抄回來的那些東西都丟進字紙簍。他就是靠那些傻瓜每人三十塊交租、吃飯、喝咖啡。我做了一個多月了，從來沒有出過糧。我看，你也是越早走越好，你看，這些是什麼？」他隨手從字紙簍裏拿起了一疊文件。阿玲認得，正是她用打字機打出來的那些。

阿玲氣悶的回到家裏，妹妹問她功課，她沒好氣的打發了她。

「真是失敗！」她俯伏在牀上，氣憤地一拳打在枕頭上。

外面爸媽又在吵架了，媽媽主張轉行賣涼粉、菠蘿冰、紅豆冰一類消暑的食品，爸爸卻堅持繼續賣糯米飯。

做了兩種工作，卻兩次都以失敗告終。她很想找個人傾訴一下，自然便想起了阿倫。從那天起，阿倫一直沒有電話來，已經是第三天了，可惡！

就在這時候，電話響了。媽媽在外面喊她聽電話。電話裏是阿倫的聲音：

「今晚八點，我在碼頭等你。」說罷便收了線。

阿玲不喜歡這種命令式的約會，她本想不去，讓他在碼頭呆等。可是想到他可能當面對自己道歉，便依時去了。

阿倫已經先到，面向着海吸煙。阿玲一聲不響的在他身邊坐下。這是個燠熱的晚上，連海邊也沒有風。

「那天，對不起。」他終於道歉了，不過聲音卻是冷冰冰的。

阿玲不響，等他繼續說下去。

他深深吸了一口，又把煙噴出來，隨手把煙蒂丟進海中。

「阿玲，我要告訴你，我始終忘不了她！即使她不愛我，她討厭我，她用最冷酷的態度對我，我還是想着她！念着她！」阿倫的情緒激動起來了，聲音中帶點哽咽。他忽然握着阿玲的手說：

「阿玲，很多謝這些時你肯陪我，可是我不想騙你，我實在並不愛你。跟你在一起時，我會少點寂寞，少點痛苦，可是卻無法使我不想起她。阿玲，我知道這樣做很自私，可是你以後仍願意時常陪陪我麼？」

阿玲猛的把手從阿倫手中抽了出來，她壓抑着胸中想爆發的情緒，以最大的平靜對阿倫說：

「對不起，我不想做你的後備女朋友！」

她用手背擦一擦眼淚，站了起來，頭也不回，快步的離開了碼頭。

一陣豆大的雨點灑到阿玲熾熱的臉上，跟着大雨嘩嘩的下了起來。

阿玲奔到一處可以避雨的屋簷下，呆呆的站着。想起了最近發生的事，不禁又是一陣心酸，淚水伴着雨水流了下來。

暴雨來得快也停得快，天空雖然還有幾團黑雲在翻滾，卻有許多星星在雲隙中閃耀着了。

「我明天要去找一份新的工作！」她小心地避開路上的泥濘和水潭，一步一步走回家去。假如你看到她緊緊地抿着的嘴唇，你便知道這個暑假雖然還沒有過去，她卻已經比以前長大許多了。

防

俊打電話來，真不巧，又是媽先接聽。

「這男人是誰？」媽曾經這樣問。

「同學囉！」我對「男人」兩字很反感。

「為什麼他的聲音這麼老？」媽不大相信。

俊今年十七歲，比我高兩班，長得又高又瘦。在學校合唱團他唱男低音，據說他和他父親的聲音一樣低沉，在電話中有時連他母親也會弄錯，把他當做他的父親，或是把他的父親當作他。

我跟俊講電話時，媽總是在旁邊停留，裝作找尋什麼，或是執拾地方，她的眼睛雖不看着我，耳朵卻是豎得很高的。

每逢這樣的時候，我總是故意把聲線提高，談談功課上的問題；不然就匆匆掛斷，待媽不在時再打。

媽今天似乎比較「通氣」，把電話交給我之後便到後面廚房去了。

我跟俊談得很開心，在學校他有個花名叫「憂鬱小生」，想不到在電話裏有這麼多的話講，而且這麼有趣，常常引得我哈哈大笑。至於他自己，卻是從來不笑的。

不知怎麼，我們談起了鬼，談起了墳場。他說赤柱的軍人墳場環境很優美，夜間在那裏賞月看星，談人生哲理，一定有更深的體悟，說不定引得墓中人，也來參與。他問我敢不敢去試一次？

我逞強地大聲說：

「有你陪我，我哪裏都敢去！」

就在這時候，媽從廚房出來，她分明聽到我說的這一句，臉上也有分明的不高興。

* * *

這次的感冒真厲害，先是骨痛，然後是發燒帶來的頭痛。我告假了，看了醫生，吃了藥，昏昏沉沉的早睡了。

第二天早上醒來，媽幫我探了熱，說是比昨天好多了。我吃了媽煮的粥，什麼也不想做，懶懶的躺在沙發上看電視。節目主持人在介紹情人節禮物，這才記起今天是情人節。

情人節，我沒有送卡，也沒有送禮給別人；別人也沒有送卡、送禮給我。這個節似乎與我無關。

本來情人節我也可以送一張卡給媽，她現在是我惟一的親人。在我的記憶中，我曾經有過一位爸爸。我那時還很小，最多兩歲，我騎在他的肩膊上，他的手捉着我的腳，我手上還拿着一個汽球，我們在人叢中走着，人真多啊，我下面黑壓壓的都是人頭，現在我知道那是年宵花市。但是爸爸後來不見了，只剩下媽媽。媽媽是個舊式女人，不興這套浪漫的東西。送卡留待母親節還可以，情人節是不屬於她的，也不屬於我的。

這時門鈴響了，媽去開門，從防盜鏈的罅隙中，出現了一束黃玫瑰，是花店送來的，還附了一張卡呢。

媽問清楚送花的人的確沒有送錯地址之後，把門關上，細細地看了卡片上的字，把玫瑰默默地遞給我，我清楚地看到她臉上的一份憂慮。

卡片上有我的名字，也有俊的名字。中間一行字是「祝君健康！」

我的心忽地噗噗地跳起來，臉在發熱。這是我第一次收到別人送給我的花，而且在情人節。

「情人節送花給你？」媽的臉色很不好看。

「只是問候我的病罷了。」我不喜歡媽的臉色，也不喜歡她的口氣。

＊　＊　＊

我發了一次很大的脾氣。

那天我放學回家，因為是考試，比平常早了一些。我自己開門進屋，媽匆匆從我房間裏出來。她經常幫我打掃房間，收拾東西，因此我也不以為意。

可是我發覺我的抽屜曾經被人拉開過，我的信有人拿出來看過，我的日記簿也被人翻過。最明顯的證據是我夾在日記簿裏的一張書簽掉到書桌下面。

我氣得渾身發抖，衝進媽媽的房間，她不在，我又衝進廚房，她背着我，正在洗菜。

「你為什麼要偷看我的東西？」我半哭地責問。

她稍為停了一下，又繼續洗菜，沒有回轉身來。

我又衝回自己的房間，胸中的委屈使我想爆炸。我做了什麼見不得人的事了？要我最親的媽媽，來偷偷地檢查我的東西。我們之間的信任沒有了！沒有信任還談得上愛麼？

我瘋了似的拍打我的枕頭被褥，又號哭着到處亂敲亂打，我的手都敲得麻木了，腫了。

這天我把自己一直鎖在房間裏，沒有出去吃晚飯，朦朧中聽到媽來敲過門，但是我沒有理睬。我因過度疲倦，沒有換衣服便睡着了。半夜醒來去洗手間，見飯桌上還放着我的碗筷，還有用碟子蓋着的小菜。

第二天，我買了一隻小小的洋鐵箱回家，把信件、日記、照片、小禮物都放了進去，然後加上一把大鎖，放到書櫃頂上去。

我們家裏只有兩個人，可是我竟然買了一把這麼大的鎖，不是防範別人，而是防範我至親的媽，我這樣做，究竟對不對呢？無論如何，這樣偷看我的信件、日記，是對我的不信任，傷害了我的自尊，傷害了我的感情，我不想再受一次這樣的傷害。

我和媽之間的溝通越來越少了。我知道她寂寞，爸走之後她就寂寞了這許多年。如今我又總是冷冷的對她，我知道她會覺得難堪，而這正是我所期望的，誰叫她做出這種討厭的事來？這是自作自受，應有此報。

我曾聽見她對她的一位好友説：「只怪我太信任男人，結果被我最信任的男人騙了！」

如今她是什麼人也不信，包括自己的女兒在內。媽，既然你不信我，又怎能怪我對你冷漠？

*　*　*

俊的電話比以前少了，我知道他正忙着準備考試。是不是媽在電話裏對他説過什麼，使他害怕打電話來？有時我打電話去，他母親的口氣也很不友善，所以我也不想討這樣的沒趣，天底下的母親，為什麼總是這麼害怕兒女結交異性朋友？

*　*　*

同學阿潔生日，她的父母都不在香港，陪她的只有一位菲傭，便約了一班同學到家裏慶祝。

阿潔的家地方很大，交通卻不方便。

我們嘻嘻哈哈的大玩一頓之後，才知道已經是深夜一點。巴士早已停開，的士也極少上來。於是阿潔請大家留宿，她家有的是地方。

同學們紛紛打電話回家，我也撥個電話告訴媽，電話響了四、五下沒有人接，我猜她已經睡了，便不再打。我這麼晚不回家，她一樣睡得着，看來她也不是怎樣的緊張我了。這樣也好，我在感情上可以有更多的自由。（後來我才知道當時媽正在洗手間，到她趕出來時電話已不再響了。）

第二天我一早趕回家。別人家裏再舒適我也睡不好，我還是喜歡自己的牀和枕頭，我還要抱着我的小灰熊，才能睡得香甜。

我靜靜地用鎖匙開門進屋，廳上沒有人。飯桌上有媽留的字：

「廚房有粥。」

不知為什麼，我忽然鼻子一酸。我早上最喜歡吃粥，尤其是冬天，喝一碗粥，全身都暖了。夏天用蘿蔔乾、豆腐乾送潮洲粥也不錯。媽這麼早就為我把粥煮好了。

我看到電話旁邊有我的一本地址簿打開了，她昨晚一定翻過許多次了，可是上面偏偏沒有阿潔的電話。她的電話太容易記，我已經記在心中，因此沒有寫在簿上。沙發椅上有未織完的一件通花短褸，昨天我出門時還只有巴掌大，如今已經差不多完成了。媽一定是整晚織着等我回家。

我悄悄地走進媽的房間，見她和衣側身睡在牀上。雖然是睡着，卻還皺着眉頭。大概我好久沒有仔細地看過她了，為什麼她顯得這樣的老？鬢邊有整綹的白頭髮冒出來了。鼻的兩側有深深的苦紋一直拉到嘴角。是不是她正在做什麼惡夢？為什麼眼角還有一絲淚痕？

媽的眼睛忽然張開，當她看到我站在牀前時，連忙掙扎起身，一面穿拖鞋一面說：

「廚房有粥，我去盛給你。」

媽，我整晚沒有回家，累你擔心，累你沒有好睡，你為什麼不罵我，還要煮粥給我吃？

「媽，你睡吧！粥我自己會盛。」我硬把她推回枕上，觸手處我覺得她瘦了，肩膊上、手臂上都是骨。

我的心裏一陣酸，一陣熱，我忍不住緊緊的摟着她，把我的臉貼在她的臉上。眼淚像小河似的，從我臉上流到了她的臉上。

我把那小鐵箱上的大鎖拿掉了。以後我會跟媽多談心事，如果她明白我，又何須到我的抽屜裏、箱子裏尋找秘密！

青春故事

書裏的情信

楚燕問我有沒有馬克吐溫的短篇小說集，我雖然沒有，卻說可以幫她借到。

結果我到書店裏買了一本新的。借給她時，裏面還夾了一封信，這封信整整寫了我一個晚上，雖然連那張小小的信紙也沒有寫滿，我卻自認是一篇既優美又含蓄的傑作，裏面沒有提及愛情，卻沒有哪一句不含着柔情蜜意，當我最後抄正再讀一次時，自己也不覺感動得眼濕濕的，這時我才認識到自己竟是這麼多情的一個男孩子。

我想像得到，當楚燕讀到我這封信時，那感動的晶瑩的淚珠，也將流掛在她嬌紅的雙頰上，她將會熱情地把我的信貼在她怦怦跳動的胸前，並低聲呼喚我的名字，說不定還會立即寫一封同樣多情的回信給我。啊，那是多麼美妙呀！

借書給楚燕的第二天，我一早就回到學校，我的心情有點兒緊張。我想，她一定看到我那封信了，她的反應會怎麼樣呢？她會生氣嗎？我那封信是不是太矯揉造作了呢？那些笨拙的欲蓋彌彰的詞句，會不會令她嗤之以鼻呢？我有點後悔了……看，她回來了！我的耳朵忽然熱烘烘的，我想它一定紅得很厲害。我忽然膽小起來，胡亂的拿出一本高中國文擺在面前。

「蘇大明，借你的代數本子來看看，有一條數做來做去做不通。」楚燕走到我面前對我說，她的聲調很平靜。這使我寬了心，卻又有點失望。為什麼她什麼反應也沒有呢？

一會兒她把代數本子拿來還給我了，我的心怦怦地跳着，我想：「她真聰明，她一定把回信夾在我的代數本子裏了。」

我正想翻開本子來看時，忽然一隻手把我的本子搶去了。我大吃一驚，看清楚原來是本班的「電版專家」何日清，他又想借我的本子去抄數了——裏面的信給他看到那就糟了！我連忙伸手去搶，誰知我快他更快，早把我的本子拿到他自己位子上去準備抄了。

我一個箭步衝到他面前，伸手就搶，他兩隻手按住我的本子嘻皮笑臉地說：「借給她就可以，借給我就不行！」他把個「她」字說得很古怪，我也顧不了這麼多了，用兩隻手拚命和他爭奪着。

上課鐘響了，他還不放手，我用力一扯，撕的一聲，本子被扯爛了。他見闖了禍，總算放了手，但嘴裏還不斷的嘀咕着，大概是說我牙擦擦，專做「觀音兵」等難聽的說話。我才不與他計較呢，連忙把那本扯成兩邊的破簿子拿了回來。

回到位上匆忙地一翻，裏面什麼也沒有。我不死心，逐張逐張的翻過去，結果還是令我失望。這時老師來了，我只好心不在焉的假裝聽書。

幾次小息都沒有辦法跟楚燕單獨談話，雖然她沒有故意避開我，卻老是跟幾個女孩子呆在一起。

放學了，我和楚燕乘的是同一路巴士，機會真好，我們找到空位坐在一起。

我等她先開口，她卻什麼也不說，瞇着眼睛看窗外，初夏的陽光已經很耀眼，車外馬路上成羣地走着穿校服的男孩子和女孩子，他們也放學了。

「楚燕，那本馬吐克溫好看嗎？」我忍不住了，小心地提個問題試探她。

「馬克吐溫？」她的眼睛仍向着窗外，「我已經借給叔叔了，我是替他借的。」

「什麼？」我嚇得差點跳起來，「那麼你沒有看到我的信？」

「什麼信？」她愕然地回轉頭來。

「我寫給你的信，就夾在那本馬克吐溫短篇小説集裏。」我急得臉也紅了。

「你為什麼不告訴我書裏面有封信？我看也沒有看就把那本書拿給叔叔了。」

「死啦，死啦！唉，我還以為是你自己要看這本書。」

「喂，你沒來由地寫封信給我做什麼？我們不是每天見面嗎？你信上寫了些什麼鬼呀？」她忽然責問起我來了。

「這……」我的臉越來越紅了。

「是不是寫了些……？」她的臉也忽然紅了。

我知道她已經猜到信上寫的是什麼，只好尷尬地點點頭。

「唉，你這人！你知道我叔叔是個緊張大師，這封信給他看到了，我最少得聽他幾個鐘頭教訓，說不定還要告訴我爸爸，那時就慘了！你真急死我了！」她把個嘴啜得老長。

「哎呀，你到站了！」我連忙起身讓她下車，我自己也跟着她下了車。

「喂，你那封信有沒有封口？」她忽然帶點希望地問。

「連信封也沒有，就是一張信紙。」我哭喪着臉說。

「唉！」她氣得猛跺腳。

「或許你叔叔還沒有看那本書呢？你編造一個理由去問他拿回來吧！」

「他是個性急鬼，一拿到書就放不下，怎麼會沒有看呢？」她急得想哭了。

「我們不妨去試試呀！」結果她也只好同意了，但一定要我陪她去，當作是我要暫時把這本書拿回去。當然，我沒有拒絕的理由。

她的叔叔也就住在她家附近，應門的是楚燕的叔母，楚燕叫她Auntie，是個很秀氣的婦人，問明我們的來意後，她叫我們在廳上隨便坐，楚燕的叔叔就快放工回來了，她自己要到廚房裏忙着煮晚飯。

客廳布置得很雅緻，家具不多，卻有好幾個大書櫥。

「那本書會放在書櫥裏嗎？」我小聲地説。

「讓我們去找找看。」楚燕立刻和我分頭找尋起來。

找完了一格又一格，翻了一欄又一欄，哪裏有馬克吐溫的影子！

找完了書櫥又找別處，茶几上，雜誌堆上都被我們翻遍了。

我們正找得緊張，楚燕的叔母從廚房裏出來了，她切了一碟橙給我們吃，我們只好規規矩矩的坐着。

「楚燕，想找叔叔拿本什麼書？看你這麼緊張！」

楚燕臉上微微一紅，説：

「馬克吐溫短篇小説集。」

「呀，他昨天晚上看到差不多十二點鐘才睡覺！他説這本書寫得很精彩，又幽默，又深刻！」楚燕的叔母微笑着説。

我和楚燕的臉都一齊刷的紅了，看來那封信一定給叔叔看過了；還有，這位微笑着的叔母，也已經欣賞過我的大作了。

這時我們留也不是，走也不是，好不容易楚燕才擠出一句話：

「現在那本書呢？」

「他帶着上班去了，他老是喜歡在巴士和渡輪上看書，近視越看越深，我說過他不知多少次，他也不聽。」

這時門鈴響了，我和楚燕緊張得差點跳了起來。

果然，一開門楚燕的叔叔就走了進來，我看到他手上正拿着那本馬克吐溫短篇小說集。

叔叔的後面還跟着一個人，楚燕一見了他，臉都嚇得白了，我認得，他正是楚燕的爸爸。

「爸爸。」楚燕勉強叫了一聲。

「啊，你也在這裏！」她爸爸的面孔一向是冷冷的，今天也是一樣，楚燕低垂着眼瞼，不敢看他。他又冷冷地向我瞟了一眼，瞟得我渾身不自在。我想：「他來這裏做什麼呢？……」

「你來這裏做什麼？」他問楚燕。

「我來……借書。」

「借書？先要把功課做好，不要專看些雜書！」

「……。」

跟着楚燕的爸爸和楚燕的叔叔商量一封英文函件的寫法，楚燕的叔叔英文程度比較好，所以她父親找他來商量。我們知道了他的來意後，比較放心了。

趁着他們兩人在寫字枱上商量時，楚燕靜靜地把叔叔放下來的那本馬克吐溫偷到手了。

她手忙腳亂地把那本書亂翻一氣，結果裏面什麼也沒有。我心急地從她手上搶過來，拿着書脊向下抖動，果然一張薄紙飄出來了。

楚燕手快，一下子就把它拾起，藏進了校褸大袋裏。

我匆忙間看到那是一張白紙，而我明明是用粉藍色的信紙寫的。

結果楚燕把那張已經團得很皺的紙片拿出來一看，卻原來是叔叔寫的讀書摘記，只好又把它夾回書裏面去。

這時楚燕的爸爸要走了，臨走時對楚燕說：

「快吃晚飯啦，早些回家！」

楚燕向他的背影伸了伸舌頭。

「楚燕，你來有什麼事嗎？這位同學你還沒有向我介紹呢。」叔叔的一對骨碌的眼睛在厚厚的近視鏡後打量着我。

「他叫蘇大明，那本馬克吐溫短篇小說集是他借給我的，現在他想拿回去，因為……。」

「哦，蘇大明，你的文章寫得不錯。」他拍拍我的肩膀，我的臉紅得像關公似的。跟着他正色地叫我們坐下，跟我們談起中學生應不應該談戀愛的問題，他認為中學生年紀太輕，正是求學時期，過早地談戀愛不但會影響學業，而且往往會造成悲劇，影響一生幸福。他的話很有道理，可惜長氣了一點，不是他的太太催他準備吃飯的話，不知道他要說到幾時才完呢。

終於，他拿鎖匙開了寫字枱的抽屜，拿出一個白信封來，我知道那裏面一定是我的那封信。

「我應該還給誰呢？」他拿着信封微笑地說。

「我！」我和楚燕同聲說，不過看楚燕一臉頑皮的神情，我知道她是說着玩的。

楚燕的叔叔把那本馬克吐溫短篇小說集和那封信一齊交給了我，我忸怩地把書還給他說：

「謝謝你對我的指導，這本書我不等着要，你慢慢看吧。」

當我終於和楚燕走到街上時，涼風一吹，我才發覺我的背脊已經濕了。

「快把信拿來看！」楚燕頑皮地伸手向我討。

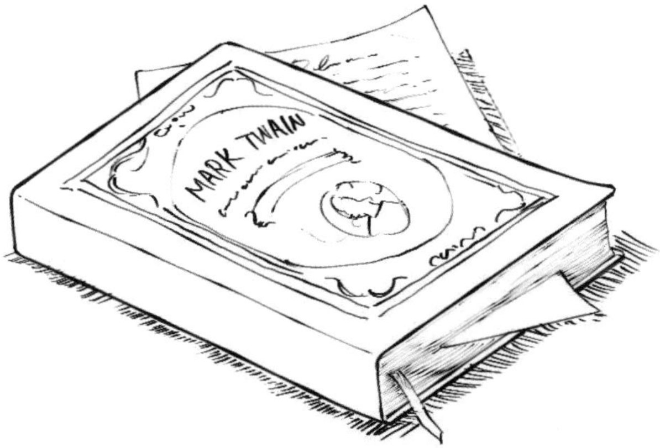

「等我畢業之後再寄給你吧！」

終於，我目送楚燕走進了她家的大門，我呆呆地站在那裏，心裏不知是什麼滋味。

星期六和星期日

有一個時期，我過的生活相當奇怪：星期一至五，我是個女大學生；星期六我是一位公主；星期日我是個男孩子。

星期一至星期五的生活是呆板的，我不談它。

星期六午睡之後，我洗澡，然後坐在梳妝枱前，把自己像一位公主似的打扮起來。

大廳上有人在等我，他，是我的同學；他，把自己當作一位王子；而我，卻覺得他更像我的侍從官。

我化妝，要用很久很久的時間；我穿衣服，也要用很久很久的時間。我知道他一定等得很不耐煩，茶几上的那幾本畫報一定被他翻得爛熟了，媽媽的絮叨一定已使他厭煩不堪。但，我一點也不心急，因為我是公主，而他，只不過是我的侍從官。

我發覺我的化妝有什麼不滿意的地方，我就洗掉它從頭來過。我的化妝也不是給侍從官看的，今天晚上，我會遇見很多漂亮的女孩子——說她們漂亮，那是指她們的化妝和服裝，真正漂亮的女孩子是很少的，不是嘴太大就是眼睛太小，她們都很着意地裝扮自己，想把缺點藏起來，把優點誇張地炫耀出來。可是，哼，我看得很清楚，看不清楚的只有那些昏頭昏腦的男孩子！我，我要跟她們點頭，跟她們微笑，那些不認識的，我要跟她們互相打量，我心裏會說：哼，神氣什麼，你的鼻子太扁！我學過畫畫，真得謝謝那位老師，這對我的化妝和服裝都很有幫助——不，不行，這支唇膏的顏色太紅了一點，我得從頭來過……

我終於出現在他面前，我知道我美麗的力量，不需要說任何抱歉的話語，肯跟他一同外出，已經是我給他的最大榮譽。

他很整齊，也很漂亮。頭髮是那麼光潔，我懷疑他剛從理髮店出來！西裝是畢挺的，而且他有一種維持這種畢挺的能力，他坐立都很小心，西裝穿在他身上，比掛在衣架上還要保險！皮鞋永遠是閃亮的，我知道他衣袋裏有紙巾，他不時會找到機會把鞋面上的灰塵抹去。

他很有禮，對我尤其殷勤。我上車下車，進門出門，上樓下樓，都一定得到他的攙扶照顧。我常常想，哪怕我是用很薄的玻璃做的一個公仔，在他身邊也不會碰爛。

他很聰明，而且善解人意。吃餐的時候，我心裏想要胡椒瓶，他絕不會拿錯鹽瓶給我。

他對很多事物都很內行，做得恰到好處。不論是到希爾頓晚餐還是到文華喝茶，或是到鄉村俱樂部消磨一個晚上，他都是識途老馬。而且不論點菜、叫酒、付小賬，都有他的一套學問。

一個周末在衣香鬢影和燈紅酒綠中度過了。我坐在他的身旁，讓他駕車把我送到家門前。當我踢掉高跟鞋，坐在牀上舒服地鬆動我的腳趾時，我總是忍不住想：他真是我的好侍從官。

…………

牀頭几上的鬧鐘把我叫醒，我躺在牀上凝一凝神，啊，今天是星期日，今天我會跟另一個男同學在一起，而且，我自己也會像個男孩子似的度過這一天。

我扭開水喉洗乾淨了臉，隨便把頭髮梳理好，找兩條橡皮圈把頭髮紮成一條馬尾。一件恤衫、一條長褲、一對薄底鞋，我在鏡子前輕快地打個旋，我覺得很輕鬆、很愉快。

我狼吞虎嚥的吃掉兩塊三文治，就提着畫箱連奔帶跑的趕去車站，我不敢遲到，因為不知為什麼，我有點怕他。只要我遲到那麼十分鐘，他就要我道歉，或是當着別人的面責怪我。他是很少遲到的，有一次因為巴士爆胎，遲到了十五分鐘，他氣喘吁吁的跑來，一見到我就上氣不接下氣的說對不起。

我跟阿華——或者說阿華他們，因為常常不止是我和他，而是三五個愛好繪畫的青年——在一起時，所有女孩子的特權和優待都沒有了，他從不幫我提畫箱，也不扶我上高下低。有一次雨後路滑，我在山坡上滑了一跤，他不過來扶，還捧着肚子在那裏大笑。我氣起來，在地上拾了一塊爛泥朝他擲去，正中他的額頭，他那狼狽的樣子，又引得我大笑起來。事後我罵他黑心，他卻說：「這麼軟的泥地，怕跌壞你嗎？跌倒了，爬起來不就行了嗎？」說實在，他可並不真的黑心，在石澳海灘，我的腳被一枚生鏽的釘子刺穿，傷口裏還滲入了沙子和污物，那時不是泳季，找不到救傷站，他忽然捧起我的腳來，用嘴吮我的傷口。他做得很自然，我心裏很是感動。當時我想：他根本忘記我是女孩子，而這，實在有點可惜。我倒希望他能注意我跟他分屬不同的性別，而且我是一個漂亮的異性。

我最喜歡跟他躲在林村的大樹林子裏寫生，那裏很蔭涼，可畫的東西也多。

他的那些畫友對寫畫都很有點迷，一到那裏汗都沒有抹乾，就「開檔」了。寫畫的時候他們很少說話，而且一畫就是幾個鐘頭。我卻沒有耐性，畫上一個鐘頭就倦了，這時我愛躺在他身旁的草地上，看天上的白雲，聽樹上的鳥叫。我偶爾把視線投向他，他皺着眉頭，神色緊張——他畫畫的時候總是那麼一副緊張的樣子，生怕什麼會從他的筆底溜走似的。他差不多忘了有個我在他的身旁，而我卻希望他能躺在我的身旁，來看我眸子裏的雲彩和樹影。

他忘了我在他的身邊，卻對眼前的模特兒深感興趣。有時是一位白髮蒼蒼的老農夫或老農婦，他喜歡仔細地描繪他們多筋的因勞作而起繭的手；有時是一個小姑娘，他喜歡表現那稚氣小臉上的明亮大眼睛；有時是一位年青的農婦，他喜歡刻畫她們質樸的神情和髮髻上的裝飾。有時他一面畫一面自言自語說：「真美，真好看！」坐在他前面的卻是一位老頭子，我倒希望他的讚美是向着我說的。

終於他們滿意地收手了，他們互相欣賞對方的成績，話也多起來了。而我的未完成的那一小幅，早已藏好了，因為我不願他們看見我水準太低的作品。為了分散他們的注意力，我總是第一個提議吃東西。食物有時是豐富的，有時卻只有幾個麵包，一壺水。不過肚子餓的時候，那些麵包吃起來也是挺香的。

我沒有帶水壺，他又沒有帶杯，我們只得就着一個壺嘴飲水。他仰着脖子，舉高水壺把水往嘴裏倒，以免接觸壺嘴。我第一次學他時，把水都倒進衣領子裏去了，不過後來我卻學得很熟練了。

有一次——這一天我記得很清楚，那是個初夏的星期日，我們畫到下午，忽然下起大雨來。大家擠在賣汽水的小店裏躲雨。這場雨一直下到黃昏才停，幾個畫友等不及天晴，先冒雨走了。剩下我和阿華等雨止了才步行出大埔，我又餓又乏，在一間餐室裏吃了一碟肉絲炒麪才恢復了元氣。我們搭巴士回市區，車外模糊的樹影，車內單調的引擎聲，加上一日的困倦，我不覺倚在他的肩上睡着了。車到半途，我朦朧醒來，一時不願睜開眼睛，起初，我不知自己在什麼地方，漸漸我記起了日間的一切。我心中忽然升起了一陣幻想，我坐的這輛車子不是回九龍，而是向一個不知名的地方駛去，而我，枕着他的肩膊，將永遠跟他生活在一起。於是，我忍不住睜開了眼睛，抬頭看一看他，他也正以溫柔的眼光看我。他問：「醒啦？」我微微一笑，又把頭枕在他的肩上，輕輕閉上了眼睛。

我忽然想起了「我的侍從官」，我知道他在追求我，但是，我肯嫁給他嗎？我想起了媽媽的話，我想起了爸爸的話，他們對他都有好感，那就是說，他們都喜歡我嫁給他。我嫁給我的侍從官，這似乎很有趣，我知道我會有一個隆重的婚禮，在那最莊嚴的教堂裏，風琴聲悠揚地在圓穹下迴響，我披着最新款的白紗禮服——我知道我穿上它一定很漂亮。晚上，那是筵開百桌的大場面，紳士名流們都來道喜了，親朋和同學們都睜着羨慕的眼睛看我。婚後，我將是一位經理太太，因為我的「侍從官」畢業之後，一定可以在他父親的廠裏佔有這個職位，於是我想到那華麗的梳妝枱，那掛滿新裝的大衣櫃，那豪華的大牀……而我身邊將常伴着來回奔忙的「侍從官」，他把我當作一個玻璃公仔，生怕我會碰爛。——可是，我會失去華，他，我的頭現在正枕在他的肩上，這可惜嗎？我知道，如果我嫁給華，我將失去那隆重的婚禮，也沒有大衣櫃和豪華大牀。婚後我跟他都要去找一份職業，我要早晚擠巴士，回家還要煮飯和洗衣服，當然，星期天我們可以同去畫畫，只怕將來生活艱苦，連畫畫的興致也提不起來……唉，最好是把他們兩人拼成一個，那就什麼都解決了，我們可以坐私家車去寫生，畫得倦了，汽車裏有果汁，有沙律，有三文治和啤酒，那時不用怕下雨了。可是，下雨也不壞呀，不是下雨，我現在早回家了，還能這麼舒服的枕在他肩上嗎？想到這裏，我又忍不住睜開眼睛望望他，他眼睛望着窗外，不知在想什麼？一個女孩子睡在他的肩上，他能想些什麼呢？他，究竟有沒有把我當做一個女孩子呢？他，愛我嗎？他，愛我嗎？他，愛我嗎？……這個問題一來到我心中，就盤桓不去，它在我心中越嚷越大聲，終於，我忍不住了：

「我是一個女孩子，你知道嗎？」我説得像是開玩笑。

「不知道。」他也頑皮地順着我的口氣回答。

「一個女孩子枕在你的肩上睡覺，你有什麼感覺？」

「肩膊有點酸。」

「你討厭她嗎？」

「不。」他溫和地看我。

「你愛她嗎？」我閉上了眼睛問。

「不。」他答得很快，不知為什麼，我覺得很失望。

「為什麼？」

「她已有男朋友了。」我知道他指的是我的「侍從官」。

「你不也是她的男朋友嗎？」

「不同。」他嚴肅地搖搖頭。

「你不願成為他的競爭者嗎？」

「請你不要把我和他相比，一想起我要和這樣的人做對手爭奪一個女孩子，我心裏就作嘔！」他忽然忿忿地轉過頭去看窗外。

他這樣出我意料之外的憤激態度和無禮說話，使我吃了一驚，心中生了一陣反感，我坐直身子，離開他的肩膊，很久才迸出一句：

「請你不要侮辱我的朋友。」

「對不起！」他似乎平靜了一點，但跟着說：「但這是我心中真實的感覺。你的男朋友很闊綽是不是？他父親的塑膠廠的確賺了不少錢。你見過那些家庭婦女和老太婆們做塑膠花嗎？她們把一大袋碎花領回家裏，大大小小，從早忙到晚，才賺到一塊幾毛，我們的大少爺喝一次茶，吃一頓飯，就是一百幾十的，他的錢是哪裏來的！」他說着說着，大概發現自己的情緒又過於激憤，就把話噎住了。

巴士單調地向前走着，我們大家再沒有說什麼，路途似乎顯得分外的長。

我又想起了我的「侍從官」，他光滑的頭髮，他畢挺的西裝，他閃亮的皮鞋，他袋裏用來抹皮鞋的廁紙，他點菜時的內行樣子，付小賬時的闊綽態度，這些，我以前都是很欣賞的，現在想起來，不知怎麼，似乎都顯得討厭起來。的確，這有點做作，有點虛偽，而且，他那些錢……老太婆……膠花……唉，我這是受了華的影響，不然，為什麼我以前不那麼覺得呢？唉，我要哭，我要罵他，罵這個多嘴的傢伙，他不該說這樣的話。因為，因為他把我的隆重婚禮、豪華梳妝枱、掛滿新裝的大衣櫃和那一百圍酒席都說掉了！而且，他說他不愛我……

我心裏不知失落了什麼，那麼空空的，無處着落，我要回家好好的想一想，哭一場，這該死的巴士，開得太慢了……。

海南了哥

星星們圍繞着月亮，蜜蜂們貪戀着玫瑰。假如說安娜是月亮的話，那麼小趙就是她身旁眾多星星中的一個；假如說安娜是玫瑰的話，小趙就是一隻忙碌的蜜蜂。

現在，月亮正被星星們簇擁着在兵頭花園裏散步；最後，他們來到了養雀鳥的籠前。

「哈囉，早晨！」一個奇怪的聲音來自籠中。

「是誰在講話？」安娜側起了美麗的腦袋。

「是了哥。」小李說。

「海南了哥。」小趙找到機會補上一句。

「哈，真得意！」安娜輕拍着手掌跳躍着，像一個十一、二歲的小姑娘。雖然，她早已不是這個年齡了。

「哈囉，早晨！」

「哈囉，哈囉！」

為了使安娜開心，男士們一個又一個的學着了哥叫，希望引牠多叫幾聲。也不知是人多聲音太大，把了哥嚇壞了；還是了哥對這班人的行為看不上眼，牠再也懶得叫了。

這使安娜和男士們都很掃興。

「假如我有一隻會說話的了哥就好了。」安娜輕歎了一聲。

雖然她只是隨便說了這麼一句，但她身邊的男士們卻一個個聽得分明。像我們的小趙，就已暗中打定了主意：「我要送一隻了哥給她。」

*　　*　　*

小趙為買了哥幾乎走遍了市上所有的雀鳥舖。他們不是沒有了哥賣，就是說剛賣去了。有一間倒有兩隻新捉到的，可惜還沒有學會講話。

小趙幾乎絕望了，卻在一家雜貨店門口看見了一隻籠子，那籠子裏養的不是了哥是什麼！

「這了哥會說話嗎？」小趙和店中的伙計搭訕。

「傻瓜！傻瓜！」沒等伙計回答，那了哥已粗聲粗氣的說起話來了。

小趙心中大喜，又問：「牠會說哈囉嗎？」

「還沒有學會哩。」伙計說。

「這了哥賣嗎？」小趙問。

「我們老闆養着玩的，怕不肯賣哩。」

算是小趙好運氣，花了一番唇舌，終於說動了老闆，肯以一百元的代價把了哥讓給了他。

* * *

小趙興匆匆的提着鳥籠來到安娜家裏。

他的心從沒有那麼興奮地跳動過。他想：安娜見到了這份禮物，不知將多麼開心。說不定會高興得給他深深一吻……

「安娜，看我給你帶來了什麼東西！」小趙一見到安娜就急不及待地把鳥籠提到她面前。

「哈，你也找到了這東西！他們這兩天送來了好幾隻，吵得我煩死了，你看！」安娜指着客廳的一角，果然那裏已掛了四、五隻籠子，每隻籠子裏都有一隻黑毛的了哥。

小趙猶如冷水澆背，整個人呆在那裏。

* * *

當他意興闌珊地告辭回家時，牠背後的了哥叫得正歡。或許牠們從沒有這麼多同類聚在一起過，所以十分興奮。其中有叫哈囉的，有叫早晨的，有叫恭喜發財的……但小趙最聽得清楚的還是那粗聲粗氣的喉嚨：

「傻瓜！傻瓜！」

剝光豬

講到做媒人，老胡算最熱心的了。據他自己說，經他撮合而成的婚事，不下十對，其中不少已經綠葉成蔭，好幾個孩子了。

在老胡的努力下，差不多他所有認識的王老五，都已經結了婚，只剩下一個小丁，卻還是孤家寡人。

老胡雖然幫小丁介紹過不少女朋友，卻沒有一個能成功的，老胡這人的長處就是不易灰心，他曾對小丁這樣說：

「你這人呀，壞就壞在脾氣硬，不懂得相就人，要知道女孩子個個都愛發點小脾氣，希望別人能依她，讓她，像你這樣老脾氣不改呀，可能一世討不到老婆。不過好在你認識我老胡，總不肯讓你獨身一世。我不能幫你找到個好太太，我就不姓胡！」老胡說了這麼一大套，誰知小丁不但不知感激，還氣憤憤的說：

「要我在女孩子面前低聲下氣那可做不到，我寧願做一世王老五，可不稀罕那些自以為了不起的女人。」

「你，你……」激到老胡眼睛也睜大了。

老胡可算「唔話得」，果然又幫小丁找到了一位女朋友。這女孩子姓周，人是又漂亮又聰明，卻一點也不驕傲，所以小丁很喜歡她。老胡又在周小姐面前做過一番功夫，說小丁這人又老實又能幹，就是脾氣直了一點，不懂相就人，但這更顯得他是個坦白直率的人，絕非那些花言巧語的偽君子可比。果然，周小姐並不討厭小丁這樣的脾氣，還說：

「我就喜歡這樣的人！」

* * *

看來萬事皆備了，可是半途卻殺出一個程咬金。原來周小姐雖然兄弟眾多，卻沒有一個姊妹。她父親周老頭子把她視作掌上明珠，愛惜到恨不得整天抱在手裏，含在嘴裏。

女兒大了，當然遲早總得出嫁。也不知是老頭子心底裏捨不得女兒離開，還是眼角太高，女兒的男朋友，他老人家沒有一個滿意的。他不但私下對女兒批評那些男孩子，還當着那些男孩子的面，明顯地表示自己對他們的不滿，這實在是令人難堪的事。

經驗豐富而又足智多謀的老胡，早看出這是小丁「拍拖」成功道路上的主要障礙，經過一番研究和苦思後，終於給他想到了一個辦法。

原來周老頭了最大的癖好是下棋，有棋下可以不吃飯不睡覺。而此人又甚為好勝，贏了棋就洋洋得意，大吹大擂；輸了棋就吹鬚碌眼，大發雷霆。知道他這種脾氣的人，個個都情願讓他。這使老頭子數年來很少吃過敗仗。

而小丁卻也是公司裏的棋王，正好陪老頭子玩玩，從下棋方面聯絡感情。

但老胡先給小丁一個原則，就是：不妨小敗，最好打和。

本來小丁不肯接納這樣的原則，認為下棋也應該講究「體育精神」，怎能來假的！但經不起老胡的懇求，小丁終於答應了。

為了壯膽和臨時授以機宜，老胡陪同小丁到了周家。

在老胡的緩衝下，小丁和周老頭子的關係總算不致緊張。後來話題轉到下棋，老頭子就眉飛色舞起來；在老胡的慫恿下，老頭子和小丁間的棋局展開了。

說實話，周老頭子的棋藝不壞，而且一上陣就是全力搏殺；小丁卻是心存顧忌有意相讓。對比之下，不久小丁失車失砲，處於劣勢，雖設法彌補，意圖求和，老頭子卻咄咄逼人，勢不可當。更令小丁氣惱的是老頭子全無棋德，小丁推盤認輸，老頭子偏不接受，要逐隻抽吃，直至小丁所有棋子被吃光為止。這叫做「剝光豬」，是小丁自登公司棋王寶座後從未碰過的奇恥大辱，心中不覺有氣。他想：「我有心讓你，你卻全不留情。好，待我給些顏色你看！」

老胡見小丁輸得太慘，就提議再來一盤。老頭子意氣風發，當然願意，小丁心存報仇，更求之不得。於是第二局又開始了。

這一下小丁是招招毒辣，着着陰險，直殺得老頭子只有招架之功，絕無還手之力。只見他面紅耳赤，黃豆大的汗珠往下直滴。老胡見勢色不對，連連在小丁背後拉扯，示意他手下留情。周小姐也在一旁打眼色，要小丁相讓。但小丁的硬脾氣一出現，就絕不能化解，只見他逐隻抽吃，也把周老頭子剝了光豬。

周老頭子面色難看，卻立刻要求第三盤，小丁殺得興起，來者不拒。雖經老胡和周小姐連連示意，卻詐作不見，又痛痛快快的再把老頭子的棋子吃個清光。

老頭子面色慘白，軟癱在椅上，連脾氣也發不出來了。

老胡見勢色不對，連忙拉小丁告辭。

一出大門，老胡就頓足歎息說：

「完了，完了！你雖然贏了棋，卻把老婆輸掉了！」

「大丈夫何患無妻！今天給老頭子一次教訓，痛快！痛快！」

老胡說：「算我胡某人第一次失敗，讓我看你做一世王老五吧！」

*　　*　　*

但兩天後，老胡卻見小丁和周小姐春風滿面的來找他，要他幫忙籌備婚禮。

「老頭子批准啦！」老胡睜大了眼睛。小丁微笑地點點頭。

「奇怪，奇怪！這是怎麼一回事？」

「爸爸那晚上氣得連飯也吃不下，但第二天早上，卻把我喊到身邊，說阿丁年少有為，後生可畏，他很喜歡這樣的年青人呢！」周小姐帶羞地說。

「好呀！恭喜，恭喜！我老胡可不必改姓了。」

奇怪的問題

明芳有一對漂亮的大眼睛，有一個小巧的嘴巴，這都是我喜歡的。

她的大眼睛裏常會出現一種好奇的、神秘的、疑惑的、探求的神色，這是我又愛看，又怕看的。

她那小巧的嘴巴常會發出一些奇怪的、令我莫名其妙、令我不知怎樣作答的問題，這卻是我最害怕的。

* * *

「濃，你喜歡紅色嗎？」她撲閃着大眼睛，朝着我問。

「唔。」我不置可否。

「你喜歡藍色嗎？」

「唔。」我知道這是我最聰明的答案。

「你喜歡黃色嗎？」

「唔。」雖然我一點也不喜歡黃色，但我不想改變我的答案。

「喂，你老是唔，唔，唔！你究竟最喜歡什麼顏色？」她那線條優美的嘴，呶得長長的，發起脾氣來了。

「你問這些做什麼？」我想得到一點提示，然後再答覆她。

「你別理，你先答覆我的問題！」她一步也不肯讓。

我知道不能再拖延了，就說：

「我什麼顏色都喜歡。你看，紅色的玫瑰多美麗；你看，藍色的天空和大海多麼令人心曠神怡；你看，黃色的……」

「別說了，別說了，我不是叫你作文章。老實告訴你吧，心理學家說：紅色表示熱情，但容易衝動；藍色表示活潑，但經不起挫折；黃色表示溫柔，但沒有決斷力。你這人呀，樣樣都說喜歡，一定是個──花心蘿蔔！」

* * *

我在看書，明芳在看報紙。我看書倦了，就愛看着明芳：看她皺着眉頭，看她眼睛上小刷子似的睫毛隨着視線一上一下的閃動。忽然，她抬起頭來兩隻眼睛閃電似的向我一射，我連忙垂下視線詐作看書，但已經來不及了。

「喂，你鬼鬼祟祟的看什麼？讓我來問你一個問題！」

又是問題！我準備受審了。

「你一定要老老實實的答覆我！」

她豎起食指，威脅地說。

「唔。」我抓了抓頭皮。

「你睡覺時的姿勢是怎樣的？是仰臥，是側臥，還是俯臥？是伸直了身子，還是彎着身子？」

「我睡着了怎麼知道自己的姿勢！」我不知她葫蘆裏賣什麼藥。

「你這人不老實，我不睬你了！」她作色要走，這可非同小可。

「我說，我說！」我連忙把她留住：「夏天的時候，我怕熱，睡得像個大字；冬天的時候，我怕冷，縮成一團，像個蝦公！」這都是實話。

「哈！」她得意地笑了：「且看心理學家對你的分析！」

跟着她朗讀了一段報紙：「向上仰卧，四肢平放如大字者，無主見，少決斷，依賴因循，隨遇而安，無上進心！曲身而卧如蝦公者，缺勇氣，膽小怕事，自私自利，個人主義……看你，簡直一無是處！」

* * *

有一次，我被明芳問怕了，就對她說：「你別相信那些冒牌心理學家的胡扯了，我這人好不好你可以用你自己的眼睛看呀！」

「誰說是胡扯，人家心理學家當然有他的道理。啊，是了，讓我再問你一個問題！」她興奮的說：「假如有一天，你和你母親，還有你的太太，在大風大浪中都掉在海裏，在這樣的情形下，你只能去救一個人。那麼，你去救你的母親呢？還是救你的太太？」

這的確是一個難題，我知道，假如我說救母親，她就會說我薄情寡義；假如我說救太太，她又會說我是個不孝的逆子，怎辦呢！

「哪有這麼巧，會發生這樣的事！這簡直是胡思亂想。」我因答不出而煩躁了。

「但是萬一發生呢？」她堅持要我答覆。

忽然我靈機一動說：「我要救母親，因為，你不是自己會游泳嗎？」

她的臉刷地紅了：「我又不是你的太太！」跟着飛也似的跑了。

我第一次勝利地答覆了她的問題。

他不會成功

現在是晚上七時四十五分，再過十五分鐘他就要來。

我該開門讓他進來，還是現在就出去，讓他白走一遭？

今天他打來的電話真有點突然，我正在公司裏打一份文件，電話鈴響了，我拿來一聽，立即辨出是他的聲音，雖然我有半年多沒有聽見他的聲音了。

「惠芬，你今晚有空嗎？」

一句曾經是我很熟悉的問話，不知怎麼如今聽來卻有點令我反感，正想推說沒有空時，他卻緊接着說：

「今晚八點我來看你，你在家等我，拜拜。」電話就掛斷了。

他一句話也不讓我說，更令我生氣。心煩意亂的把剛才差不多打好的文件都打錯了。我把打錯的文件揉成一團丟在字紙簍裏，忍不住罵了一聲：「討厭！」

我曾經愛過他，他知道得很清楚。

他也曾愛過我，我也知道得很清楚。

雖然，我們還未論婚嫁；雖然，連那個「愛」字我們都未曾說過出口。可是，他已成我家的熟客，我們全家大小都知道他是我最要好的男朋友，這是事實。相熟的朋友常在我們面前作善意的打趣，我們雖不承認，卻也並不否認，這也是事實。

想不到我吃完了戀愛外面所包的那層糖衣，發覺裏面卻是一顆苦果。一個第三者加入到我們中間，她比我年輕，她比我漂亮，更有我學不來的活潑和大膽，男孩子在這樣的女孩子面前很少不投降的，我的「他」也不例外，我毫無辦法地看着他從我身邊走開。他差不多是突然地從我身邊消失了。或許他怕在我面前感到內疚，或許他怕我糾纏他，總之，他是突然不見了。

他不知道他給我的創傷有多深，這一點只有我自己清楚。自小就養成的倔強脾氣，要我強迫自己如常地生活，我一樣落班上班，一樣在飯桌上與家人言笑晏晏。我只是把比以往空閒的晚上，用來替兩個小學生補習功課，我的眼淚是不讓任何人看見的。

我從沒有想到要對他報復和糾纏，這一點或許連他也會覺得奇怪。至於我自己採取這種態度的目的是：要證明沒有他我一樣生活得很好。

上個月底，一個關心我並為我抱不平的女朋友特地來告訴我：那位漂亮活潑的小姐快要結婚了，嫁的是一位有錢的少爺，卻不是那位棄我而去的他。

我並沒有為這個消息感到興奮，我只是想：他總算受到一次教訓了。

他突然打來的電話使我記起了女朋友告訴我的消息，他來探訪我的目的也就可想而知了。他想恢復我們以前的關係，他想探知我的近況？他錯了，他太不了解我了。

記得我還是個小姑娘的時候，有一年爸爸的朋友結婚，需要一個「花女」，我和姐姐都很羨慕這份差事，結果爸爸選中了姐姐，我傷心的大哭一場。誰知在喜事前兩天，姐姐突然病倒了。爸爸就叫我代替，以為我一定是求之不得了。誰知我卻一口回絕了，不論爸媽怎樣勸我、哄我、甚至嚇我、打我，我也無動於中。他們想不到一個六歲的小姑娘已有那麼強的自尊心，不肯讓人家把她當「次貨」看待。

從前他無情無義的走了，我沒有哀他、求他；現在他又想回到我身邊來了，我絕不會譏他、笑他，但是我已無法再愛他了。

他是一個很不錯的男孩子，高大結實，性情開朗，在他身邊會感到愉快。他學問不錯，工作能幹，煙酒、賭博等不良嗜好，他全沒有沾染。我失去他之後，還沒有遇見別個男孩了，像他那麼合我心意的。可是，這又如何？我已不會再愛他了。

他或許會裝作若無其事的和我繼續來往，就像我們之間從來未有過第三者。

他或許會向我懺悔，說許多抱歉的話，甚至流出男人很少使用的眼淚。

可是，我知道，他不會成功。

或許我這一生再找不到別一個像他這樣好的男孩子，或許我會孤獨一世。

或許在我未來的戀愛中會有更多的挫折，會嘗到更多的痛苦。

可是，我甘願！我甘願！我甘願！

門鈴響了，兩短一長，我們以前相約的暗號，他還記得。

他來了。

可是，我知道，他不會成功。……

女孩子的公僕

珍妮說：「小王，幫我買兩張南巴大戰的足球票。」

小王就到處打電話，到處託人，陪笑臉，說好話，買到為止。

安娜說：「小王幫我輪兩張電影票。」

小王就排到那長龍的尾端，不怕風吹日曬、耐心地等着，等着。

蘇珊說：「小王，多利要拉屎啦，我沒有空帶牠出去。」

小王就小心翼翼地陪着那畜牲到外面去出恭了。

「小王，我的肚子痛得很，請你幫我買包保濟丸。」

「我沒有空。」小王冷冷地說，因為求他的是個男孩子。

「小王，這封信請你幫我帶到郵局去。」

「你自己沒有腳嗎？」小王惡狠狠地說。因為求他的也是個男孩子。

那天肥陳在廁所大便，臨時發覺沒有廁紙。正着急的時候，小王進去洗手，肥陳像遇見了救星，請小王拿點紙給他，小王答應了。但是，一分鐘，兩分鐘，五分鐘，十分鐘，還不見小王拿紙來。肥陳在廁所裏又氣又急，足足咒罵了小王一千零一句，才等到另一個人走進廁所，幫他拿到了紙。氣沖沖的肥陳到處去找小王，最後才見他豎高兩隻手，正悠閒地幫一個女孩子繞絨線哩。

小王就讀的那間學校在郊區，同學們是寄宿的，今年的聖誕節，宿生們準備舉行一個慶祝聖誕的舞會。食物由女同學預備，會場由男同學布置，大家忙着布置時小王卻躲在圖書館裏。

小趙去叫他，他說：「我今天有點頭痛。」

小李去叫他，他說：「我的肚子有點疼。」

小張去叫他，他說：「我的胃不大舒服。」

「小王，還不快去幫手！」一聲嬌叱，叫他的是女同學莎莉。

「來啦，來啦，我即刻來。」小王果然乖乖的去了。

「頭不痛啦？」小趙說。

「肚子不疼啦？」小李說。

「胃也好啦？」小張說。

「現……現在……全好……好啦。」小王含糊地說。

「莎莉真是個好醫生。」男孩子們同聲說。

「所有女孩子都是他的好醫生！」莎莉得意地說。

學校放假了，小王到學校附近的火車站準備搭車回家，何教授也正在候車，他年紀已經相當老，對小王的印象還好，小王在他面前總是必恭必敬的。

「王念平，你也回家嗎？」

「是的，何教授。」

「現在火車還沒來，你幫我做一件事好嗎？」

「可以，可以。」

「我把公事包忘在學校裏了，麻煩你走一趟，到我的辦公室去把它拿給我。」

「好的，我即刻去拿。」

小王飛也似的拿到了何教授的公事包，正想走出校門時，忽然銀鈴似的一聲叫他：「小王！」

小王回頭一看，騎樓上瑪麗在向他招手。

「什麼事呀？」小王問。

「請你上來幫我搬點東西。」

登登登登，小王飛奔上樓。原來瑪麗要到澳門去，有好些行李要帶。小王幫瑪麗收拾了一番，又幫她把東西運到門口的「的士」裏去，搬了兩三趟才搬完。

「拜拜！」瑪麗坐着的士去了。

小王也揮着手說：「拜拜！」

這時滿面焦急的何教授突然在小王面前出現。

「我的公事包呢？火車已經過去啦！」

「在……在……」小王這時才記起自己回校的任務，他惶急地嘻嘻苦笑了兩聲，抓耳搔腮，一時記不起公事包擺到哪裏去了。

登登登登……他奔到女生宿舍去，沒有！登登登登……他奔到辦公室去，沒有！

「哎唷！」他滿頭大汗目瞪口呆地看着拉長面孔的教授，因為他想起來了，教授的公事包跟瑪麗的東西一齊放到「的士」裏去了。

雨天的故事

暑假是愉快的，假如天氣好而我們袋裏又有錢。

但是，現在暴雨打着窗戶，天黑得像包租婆的面孔，而我們的袋裏都只剩下幾隻角子。我們幾個無聊的大專生，呆在一間氣悶的小房間裏，暑假似乎太長了。

撲克牌早已被我們摸黃了，國王和皇后對我們擺着煩厭的冷面——「讓我們來說故事吧！」有人提議。

深夜雀戰，枱上多出一隻手的鬼故事早講過了。

小和尚下山，最喜歡「老虎」的笑話，也笑過不只一次了。

只有男孩子能聽的，小聲講、大聲笑的鹹味故事，已沒有新的資料。

大家沉默着，雨卻有長落下去的意思。

「讓我來說一個雨天的故事。」我為自己倒了一杯濃茶。

* * *

那是去年的事了，那時我還沒有跟你們住在一起。我寄居在舅父家裏，地方又窄又嘈吵。所以，我總喜歡到外間去讀書，我最常到的地方，是跑馬地的一個墳場。那裏有兩張長櫈，幾處樹蔭，還有一個圓形的生滿綠苔的水池。池裏浮着幾片蓮葉，有時還可以看到一兩隻青蛙在葉底向我鼓着眼睛。

一個夏天的黃昏，我讀書倦了，伏在椅背上打盹，不覺竟睡着了。一聲急雷伴着箭也似的暴雨將我驚醒，我狼狽地抱着書本走到一處屋簷下，墳場裏惟一可以躲雨的地方。這是一間式樣特殊的小建築物，外觀有點像小教堂，裏面設有神壇，門是經常關着的。

我除下眼鏡，掏出手帕來抹去鏡片上的水珠。

當我再把眼鏡戴上時，發覺身旁已經多了一個人。

那是一個女子，她背向着我——一個苗條的背影。一身黑色的衫裙。長長的秀

PAX

髮上掛着水珠。她呆呆地站着那裏，一動也不動。

忽然我聽到　聲輕微的驚呼，那女子似乎看到了什麼可怕的東西，向後退了一步。

我向她前面看去，也不由吃了一驚，一條四、五尺長的大蛇正彎曲地在前面草叢中游走。我們目送牠鑽進了一堆灌木叢，不見了。

那女子似乎鬆了一口氣，慘白的臉上帶着微笑，轉身向我瞧來——說真的，我從來沒有見過這麼美麗的一張面孔。那盈盈的湖水似的眼睛，那薄薄的花瓣似的嘴唇，在她略嫌蒼白的臉上，都是那麼的分明。

「害怕嗎？」我微笑地問她。

她微笑地點點頭。

雨仍在下着，而且沒有停的意思，天卻漸漸的黑了。

後來——後來怎麼樣，我先不說破，讓你們猜一猜吧。

講到這裏，我呷了一口茶。

＊　＊　＊

「後來，你跟她越談越投契，終於，你們就在那裏擁抱着接吻了，但是她在你懷裏化為一縷青煙，不見了。於是你失魂落魄的回到家裏，病了一大場。我猜得對不對？」

我搖搖頭。

「後來，你問她為什麼到墳場來，卻觸起了她的傷心事，原來她的愛人最近死了，就葬在這裏。你極力的安慰她，她很感謝你。後來你們互相愛上了，誰知，她早已患上了不治之症——你不是說她的面色很蒼白嗎？結果，她終於永遠離開了你，使你傷心欲絕，尤其在雨天的時候，使你有悵惘的追憶。」

我搖搖頭。

「哼，你一定中了美人計！後來，雨停了。你們去喝咖啡、看電影，結果，你們分別之後，你發覺你的銀包不見了！」

「那不是大煞風景了嗎？」我笑着說。

「那麼，後來究竟怎樣了？快說吧，別賣關子了！」

我又呷了一口冷茶，淡淡的說：

「後來，雨突然止了。她匆匆的先走了，我目送她的背影走出墳場，我們再沒有談過一句話。那條草叢裏的蛇使我頗存戒心，我再不到那墳場去讀書了。而我直至今天為止，再沒有見過那張美麗的面孔。」

「這是什麼故事？一點趣味也沒有！」他們意興索然地說。

「的確很沒趣。但我是幸運的：既沒有大病一場，也沒有傷心欲絕，更沒有被人扒了銀包！看，外面雨似乎停了，我們到外面去走走，散散心吧。」

我一點也不怪他

又是寄聖誕卡的日子，每年我都會寄出一大批。

這一大批都是我細心挑選的——我有的是時間。

我有的是時間，因為我不用上學，也沒有工作。

還有，我不知道我還有多少次機會寄聖誕卡。說不定今年便是最後一次。

在這許多細心挑選的聖誕卡之中，有兩張是我最喜歡的，一張送給媽媽，一張送給他。

他已經不再打電話給我，那每日最少一次的可愛的鈴聲已不再為我而響。他也不再寫信給我，那熟悉的字跡每次都帶給我很大的喜悅，如今，我已不再盼望郵差來臨。他已不再約我，不再約我到尖東的海旁散步，不再約我看電影，不再約我喝下午茶，當然也不會約我一同去看節日的煙花。

因為他曾經對我說過對不起，他說我們的關係已不能再繼續下去，因為我們的愛情不會有結果。

不會有結果！我知道得比他還清楚。會有什麼結果呢？對一個患了地中海貧血症的病人來說，能盼望有什麼結果？

與我同年齡的病友，都已經先後離開了這個世界。我們本該都是長不大的一羣，而我居然倖存了下來，醫生在背後對人說，我是幸運兒。更幸運的是，我居然還碰上了愛情。這甜蜜的愛情喲，使我的日子充滿了陽光，充滿了彩色，充滿了花香。

他在醫院裏工作，而醫院是我的第二個家，我經常地看醫生，做檢驗，打針，換血……我們在醫院裏認識了。他靦覥羞澀，很純的一個男孩子。不過他的膽子並不小，有一天，他塞了一張字條給我，約我去看戲。我的心怦怦地跳起來，每分鐘起碼有一百八十下——我的最高紀錄曾超過二百下，因為我的心有病。

我們一同去看了電影。

自從這一次之後，我們有一段很快樂的日子。

在這許多難忘的日子中，最難忘的是那一夜——

醫生要我到G醫院去做個心臟檢驗，不是普通的心電圖，是要把儀器配戴在身上，經過一個比較長的時間，看它的搏動紀錄。

這晚上我要住在醫院。

我的房間是雙人房，另一張牀空着，因此房間裏只有我一個，而我是怕黑的。

我要求醫生讓媽媽夜間來陪我，可是政府醫院並不提供這樣的方便。

他來看我，知道了我的害怕。

他說：「讓我來陪你。」

我說：「醫院不允許的。」

他說：「我在樓下花園的涼亭裏陪你，你睡不着，只要走到窗前，就可以看到我。」

他站在窗前，指給我看下面的亭子。

我說：「夜間這麼涼，你會感冒的，我不要你陪，你快回家去吧！」

過了探病的時間，在護士的催促下，他走了。

身上佩戴的儀器，使我很難入睡。旁邊的空牀，常使我產生上面有人躺着的幻覺。我終於忍不住披衣起牀，站到窗前。

不太明亮的燈光下，我看到了一個男人的影子，他正站在涼亭邊，向我這邊仰望。

我搓了搓眼睛，怕是一個幻影。可是他仍站在那裏，並且向我揮手。

我輕輕喊了一聲他的名字，雖然我知道隔着窗玻璃，他根本聽不到。

我也向他揮手，但是他的影子越來越模糊，像是用脫色墨水繪的人像，遇着水點化開了，這水點正是我眶中的淚。

我把眼淚抹了又抹，後來我見他揮手示意叫我去睡。

我聽他的話回到牀上，不知什麼時候讀過的一句詩來到唇邊，我唸了又唸：

「為誰風露立中宵……」

我終於睡着了。醒來時天已大亮。牀頭几上有一朵帶露的玫瑰，大概是他在園

裏偷摘的，下面還有一張字條。寫着：「我要上班，不等你睡醒了。」

我比以前更聽醫生的話，我每天為自己打針，特製的針筒每天要留在身上十多個小時，讓針藥緩解我身上沉積的鐵質。我乖乖的吃藥，從來不要媽媽費唇舌，也不要任何人提醒。因為我比我從前任何時期，更想好好的活下去。

不過我從來不曾奢望要和任何一個男孩子結婚，我甚至預感我的愛情會比我的生命更為早夭。

我的估計沒有錯，在以忙的理由減少了和我的接觸之後兩個月，他向我說了對不起。

他說得很支吾，但意思是清楚不過的，他要離開我。他向我道歉，很真誠的樣子，甚至還流了淚。

不知為什麼，我居然沒有哭，或許這情景早已在我心中出現過多次。我給他一片紙巾，他醒了醒鼻子，偷眼看我，我給他一個微笑。

我自己也不知道為什麼，心裏一點也不恨他，或許我覺得，他的決定是對的，如果我是他，恐怕我也會這樣做。

後來有一天我在街上，碰見他拖着另一個女孩子的手。他看見我，連忙把手鬆開，慌亂地為我們介紹。我沒有聽清楚那女孩的名字，那女孩給我一個善意的笑，我也以善意的笑回她。

他們走了，我也回家，回到家裏才發覺，把新買的一件衣服丟在巴士上。

後來他離開了那間醫院，我便沒有再見過他。

我沒有再寫信給他，但我沒有理由不寄聖誕卡給他，因為他始終是我最好的朋友，至今還沒有誰能代替他。我為他心中的歉意感到抱歉，我想告訴他，我一點也不怪他，真的，一點也沒有。不過，讓他感到抱歉也好，或許就因為這樣，他才不會把我完全忘記。

經典書房

濃情集

作　　者：阿濃
插　　圖：菌田
責任編輯：陳友娣
美術設計：陳雅琳
出　　版：山邊出版社有限公司
香港英皇道499號北角工業大廈18樓
電話：(852) 2138 7998
傳真：(852) 2597 4003
網址：http://www.sunya.com.hk
電郵：marketing@sunya.com.hk
發　　行：香港聯合書刊物流有限公司
香港荃灣德士古道220-248號荃灣工業中心16樓
電話：(852) 2150 2100
傳真：(852) 2407 3062
電郵：info@suplogistics.com.hk
印　　刷：美雅印刷製本有限公司
九龍觀塘榮業街6號海濱工業大廈4字樓A室

二〇一七年三月初版
二〇二四年一月第四次印刷

ISBN: 978-962-923-441-6

18/F, North Point Industrial Building, 499 King's Road, Hong Kong
Published in Hong Kong SAR, China
Printed in China